Désirs et provocation

J. MARGOT CRITCH

Désirs et provocation

Traduction française de
ÉVELYNE JOUVE

MAGNETIC

HARLEQUIN

Titre original :
SWEET AS SIN

HARPERCOLLINS FRANCE
83-85, boulevard Vincent-Auriol, 75646 PARIS CEDEX 13
Service Lectrices — Tél. : 01 45 82 47 47

www.harlequin.fr

ISBN 978-2-2804-1705-1

1

Confortablement installé dans la zone VIP du night-club, Alex Fischer observait la piste de danse avec intérêt. C'était un vrai vivier de jolies femmes en talons hauts et robes sexy ultra-courtes. La soirée s'annonçait bien. Détachant son regard de ce tableau appétissant, il sourit à son ami Gabe qui était en train de leur servir une dose de bourbon.

— Merci, dit-il en se penchant pour se faire entendre par-dessus la musique. Je ne sais pas si tu es comme moi, mais j'ai l'impression d'être un naufragé sur ce canapé.

Il faisait allusion à Brett et Rafael, leurs amis et associés, dont l'absence se faisait cruellement sentir. Peu de temps encore auparavant, ils sortaient en bande tous les quatre. Ils passaient la soirée à boire, à s'amuser, à choisir la fille avec laquelle ils repartiraient. Mais, depuis qu'ils avaient rencontré l'âme sœur, leurs camarades ne participaient plus à leurs virées nocturnes entre célibataires jeunes, riches et… séduisants.

— J'ai la même sensation, acquiesça Gabe avec une grimace. Maintenant que Brett et Raf sont casés, il ne reste plus que nous deux pour faire honneur à notre réputation. Et Alana, évidemment, quand elle accepte de fréquenter une autre boîte de nuit que le Paradis Terrestre.

Alex porta son verre à ses lèvres pendant que Gabe sortait son téléphone portable de la poche intérieure de sa veste.

— Merde, murmura-t-il en lisant le message qui venait d'apparaître sur son écran.

— Un problème ?

— Juste un de mes clients qui fait une crise de panique à…

Il consulta sa montre.

— … À 21 h 50, un vendredi soir.

— Tu es d'astreinte ?

— Nous le sommes toujours, non ?

Alex fronça les sourcils.

— Et notre soirée alors ?

— Je sais, je suis désolé, soupira Gabe en promenant un regard plein de regret autour de lui. Mais je n'ai pas le choix. Le boulot, c'est le boulot.

Alex esquissa le mouvement de se lever, mais il l'arrêta d'un geste.

— Ne bouge pas. Profite du moment, finis le bourbon, trouve une jolie fille pour te tenir compagnie.

Il montra du menton la piste de danse.

— Fais des bêtises, conclut-il avec un clin d'œil.

Alex suivit son ami des yeux et but une gorgée de bourbon avec un soupir. Faire des bêtises, oui. Mais il n'était pas sûr d'avoir envie de les faire tout seul. Sans ses copains, tout était moins drôle. Ils s'étaient associés en sortant de l'université. Ils partageaient la même ambition de devenir entrepreneurs à Las Vegas et de régner sur le monde de la nuit. Ils avaient compris qu'ils seraient bien plus forts s'ils alliaient leurs forces, chacun apportant son propre savoir-faire. C'était Alana, la seule fille du clan, qui avait lancé le nom comme une boutade : The Brotherhood. Un peu comme ces sociétés secrètes qu'on montre dans les films. Ils ne portaient pas de longues robes et ne se livraient pas à des rituels mystérieux, mais The Brotherhood était un groupe soudé dont les membres travaillaient de concert et prenaient toutes les décisions ensemble.

Seulement voilà, depuis quelque temps, certains d'entre eux avaient apparemment été saisis d'une soudaine envie de se ranger. C'était à chaque fois le même refrain : ils rencontraient l'Élue, se mettaient en ménage, se mariaient et bla bla bla… Voilà pourquoi Rafael et Brett étaient chez eux ce soir en train de roucouler. Alana était restée comme d'habitude au Paradis Terrestre afin de s'assurer par elle-même que tout se passait bien, et Gabe venait de le planter à la dernière minute pour répondre à l'appel de détresse d'un client de son cabinet d'avocat.

Il secoua la tête. Il regrettait le bon vieux temps où ils partaient tous les cinq en boîte pour évacuer le stress de la journée et refaire le monde autour d'un verre. Aujourd'hui, ils étaient tous trentenaires et l'âge était en train de les attraper dans ses filets. Chaque soir, quand Brett et Rafael allaient rejoindre la femme qu'ils aimaient, Alex rentrait dans son appartement en terrasse au-dessus de Las Vegas Boulevard. Seul. La fête, les lumières vives, l'animation qui régnaient en bas contrastaient brutalement avec le silence et le vide de son trois cents mètres carrés en plein ciel.

Il regarda le night-club bondé, les femmes qui se déhanchaient sur la piste de danse. Certaines lui lançaient des œillades appuyées, remarquant qu'il était assis tout seul sur le canapé VIP. Gabe avait raison, il avait peut-être besoin de faire des bêtises.

Il finit son verre d'une gorgée et se leva,

repérant les jolies filles d'un regard expert. Bon nombre d'entre elles étaient exactement son type : blondes, grandes, généreusement proportionnées.

Une sirène dans la foule capta soudain son attention et le stoppa net dans sa quête. Elle était incroyablement sexy et dansait avec la hardiesse d'une femme habituée à être la plus belle partout où elle allait. Il y avait quelque chose de familier dans sa chevelure noire et sa silhouette sensuelle perchée sur de hauts talons. Elle était moulée dans une jupe ultra-courte qui s'arrêtait sous des fesses à la rondeur parfaite. Elle ondulait contre son cavalier, si près qu'on n'aurait pas pu glisser une feuille de papier cigarette entre eux. Elle était à couper le souffle dans son petit haut en satin doré dos nu. Le vêtement ne tenait que par la grâce de deux liens très fins noués sur sa nuque et autour de sa taille. Elle pirouetta avec légèreté. Ses seins ondoyèrent librement sous le tissu fluide, confirmant le fait qu'elle ne portait pas de soutien-gorge.

Le reste du club s'effaça tandis qu'Alex avançait vers elle. Peu lui importait qu'elle danse avec un autre, ça ne durerait pas. Il était tout près, à quelques pas seulement, quand il vit son visage. Il se statufia. Ces yeux bruns immenses, ces lèvres pleines il les connaissait – et pour cause.

C'était ceux de Maria !

Maria, la petite sœur de Rafael, son meilleur ami, était la sirène qui le faisait bander ! Bon sang, il ne l'avait jamais vue habillée comme ça. Ni en train d'onduler de cette façon. À quel moment la gamine douce et gentille s'était-elle transformée en bombe sexuelle ?

Qu'est-ce qu'elle fout ici ?

Il la rejoignit en deux enjambées furieuses tandis qu'un mélange de colère, de possessivité et de désir courait dans ses veines, chaque émotion s'affrontant pour dominer l'autre. Elle écarquilla les yeux de stupeur en le voyant surgir devant elle. Le type avec qui elle dansait ne remarqua pas sa présence jusqu'à ce qu'il repousse sèchement ses mains posées sur la taille de sa cavalière.

— Va jouer ailleurs, petit, siffla-t-il.

— Quoi ?

Le garçon se rebiffa, blessé dans sa fierté, prêt à se battre même si Alex le surclassait de vingt bons centimètres et d'une quarantaine de kilos de muscles. Le gamin était visiblement plus stupide qu'il n'en avait l'air avec son polo et son pantalon de treillis.

— Dégage, lâcha Alex.

Le garçon serra les poings mais recula sans

insister. Alex l'avait bien jugé : un minable. Il ne se rendait même pas compte que Maria méritait qu'on se batte et qu'on meure pour elle. Au lieu de ça, le jeune crétin le fusilla du regard et s'éloigna dans la foule.

— Qu'est-ce qui te prend ? cria Maria par-dessus la musique, visiblement furieuse.

Alex ne se laissa pas impressionner.

— Je peux savoir ce que tu fais ici ? Et dans cette tenue ?

Il la toisa en essayant d'ignorer le désir qui l'embrasait à la vue de sa peau ambrée exposée par sa tenue minimaliste. Il se raidit. Non, il ne pouvait pas être attiré par Maria. Ils avaient quasiment grandi ensemble.

Tout à sa colère, elle ne semblait pas avoir conscience de la bataille qui se livrait en lui. Dieu merci.

— Je dansais avec un garçon super sympa avant que tu n'interviennes comme un bulldozer ! Tu te prends pour qui ?

Elle était folle de rage. Il reconnaissait le pli de ses lèvres, c'était celui qu'elle avait autrefois quand ils étaient gamins et que Rafael et lui la taquinaient. Elle croisa les bras sur sa poitrine, faisant saillir ses seins sous le décolleté plongeant de son petit haut.

— Qui était ce type ? demanda-t-il.

Le haussement d'épaules de Maria fut un chef-d'œuvre de dédain.

— Aucune idée. Je viens de le rencontrer.

Il laissa son regard descendre vers ses seins et se força à le ramener sur son visage.

— Tu es venue seule ?

— Non, avec des copines.

Elle fit un geste vague de la main.

— Où sont-elles ?

— Je n'en sais rien, quelque part ! Qu'est-ce qui te prend, Alex ?

— Tu as bu ?

— C'est une boîte de nuit, rétorqua-t-elle comme si la réponse allait de soi.

Il la saisit par le bras.

— Sortons d'ici.

Elle se dégagea d'un geste brusque.

— Je ne vais nulle part. Je suis ici avec mes amies ! Et je passais une bonne soirée avant que tu n'interviennes avec une grossièreté inqualifiable !

— Va les chercher. Je vous appelle un taxi.

— Va te faire foutre, Alex !

Elle lui tint tête sans bouger d'un pouce. Ils commençaient à attirer l'attention sur eux. Alex vit un videur le fixer du regard et se pencha vers Maria pour lui parler à l'oreille.

— Tu viens avec moi, martela-t-il. Nous partons. Maintenant.

— Non.

Tous les hommes la regardaient comme on observe un agneau entré par mégarde dans l'antre d'un lion. *Un agneau têtu et buté.* Il poussa un soupir.

— Très bien. Si tu ne veux pas venir, je reste avec toi.

Il était hors de question qu'il la laisse sans surveillance dans cette tenue. Elle ne se rendait pas compte de l'effet qu'elle produisait.

Serrant les lèvres, elle pivota sur ses hauts talons et rejoignit deux filles installées à une table. Il essaya de ne pas prêter attention à la rondeur de ses fesses, aux ondulations de ses hanches sous sa jupe, à ses longues jambes hâlées… Pestant tout bas contre lui-même, il regagna la zone VIP et se servit un bourbon.

— Nom de Dieu ! pesta-t-il entre ses dents.

— Souhaitez-vous quelque chose, monsieur Fischer ? lui demanda une hôtesse.

Il secoua la tête sans lâcher Maria des yeux. Elle lui tournait le dos mais lui lançait sans cesse des regards courroucés par-dessus son épaule. Ses grands yeux noirs l'enflammaient à distance, ses lèvres pleines le provoquaient. Il la salua en levant son verre et avala son bourbon d'une gorgée.

Il connaissait Maria depuis des années. Quand il était enfant, la famille Martinez lui avait sauvé la vie. Après la mort de sa mère et l'incarcération de son père, il avait quitté le taudis où il habitait pour aller vivre chez eux. Il devait tout à ses parents et, qu'elle le veuille ou non, il veillerait sur elle et s'assurerait qu'il ne lui arrive rien. Ce qui impliquait qu'il mette immédiatement un terme aux pensées scandaleuses qui lui traversaient l'esprit.

Maria ne décolérait pas. Mais pour qui se prenait Alex ? Elle était venue s'amuser avec ses copines, Beth et Anna, danser avec des garçons et se faire offrir quelques verres. Mais elle ne pouvait pas faire deux pas à Las Vegas sans être immédiatement prise en charge par l'un des amis de Rafael ! Bon sang, elle n'avait pas douze ans, elle en avait vingt-six et elle en avait plus qu'assez qu'on la traite comme une gamine ! C'était une malédiction d'être la cadette dans une famille latino et catholique. Ils l'aimaient, bien sûr, et Dieu sait que sa famille était tout pour elle, mais leur surveillance constante la rendait folle.

Par chance, ses parents avaient fini par admettre qu'elle était adulte. Mais Rafael était plus têtu qu'une mule. Il refusait d'admettre qu'elle n'était plus une petite fille. Comment lui faire comprendre qu'il se trompait ? Elle avait été témoin des horreurs qu'on peut faire une femme et elle savait comment se protéger pour que cela ne lui arrive pas. Après le lycée, elle s'était engagée dans des missions humanitaires au sein d'organismes comme La Croix-Rouge ou Médecins sans Frontières. Elle s'était rendue dans des pays ravagés par la guerre, la maladie et les catastrophes naturelles. Elle avait vu de ses yeux combien le monde pouvait être dangereux quand la population était désespérée et prête à tout pour survivre. Mais Rafael s'obstinait à la voir comme une gamine naïve. Même quand elle aurait quatre-vingts ans, il continuerait à la considérer comme sa *petite* sœur !

Alex avait quasiment grandi avec elle et il était très proche de Rafael. Pourtant elle ne l'avait jamais regardé comme son frère. En fait, elle avait toujours eu le béguin pour lui en secret et à un moment, sans qu'elle sache exactement quand, il avait cessé d'être cet ado efflanqué qui la taquinait pour devenir cet homme splendide qui la faisait rêver et mettait tous ses sens en émoi.

— Qui était ce type super sexy ? demanda Beth, interrompant le fil de ses pensées.

Elle cilla et se rendit compte qu'elle était en train de fixer Alex qui la fixait en retour.

— Alex. Un ami de mon frère.

— Il surclasse de très loin tous les autres mecs de la soirée.

Son amie observa Alex avec admiration.

— Et il ne te lâche pas du regard. Je crois que tu lui as tapé dans l'œil. Profites-en ! Pars à l'assaut de ce magnifique corps musclé !

Maria ne répondit pas. Ah, ce n'était pas faute d'en avoir rêvé. Alex était incontestablement un homme superbe. Elle avait passé des nuits entières à fantasmer sur lui. Ses larges épaules, les muscles de son dos, le renflement plein de promesses de son entrejambe.

— Si j'avais une chance, je n'hésiterais pas, soupira-t-elle. Mais Alex ne me voit pas comme une femme. Pour lui je suis la petite sœur de Rafael, c'est tout.

Une gentille fille. Voilà ce que tout le monde pensait d'elle. Ce n'était pas complètement faux, mais elle avait aussi sa part d'ombre et des désirs très peu innocents auxquels elle s'adonnait de temps à autre.

Un homme s'approcha de leur table et lui enlaça la taille en susurrant quelque chose de stupide au sujet de son « beau petit cul ». Elle soupira, excédée. Elle avait eu son lot de mecs lourds qui se croyaient autorisés à l'apostropher et à la toucher. Pourquoi une femme ne pouvait-elle pas s'amuser avec des amies sans qu'on vienne l'importuner ? Elle repoussa sèchement son bras.

— Tu ferais mieux de dégager, *pendejo*, sinon c'est moi qui vais botter ton petit cul jusqu'à la sortie.

Au lieu de reculer et de se le tenir pour dit, l'imbécile lui souffla dans le cou.

— Hum… Un chat sauvage. J'adore ça !

Pauvre garçon. En mission, elle avait appris à se défendre contre les machos, les ivrognes et les brutes qui se croyaient tout permis sous prétexte qu'elle était une femme. Elle avait eu affaire à des types vraiment flippants. Ce gamin avec son sourire stupide ne lui faisait pas peur.

— Je ne suis pas d'humeur. Alors bouge avant que je me mette en colère.

Elle se détourna pour reprendre sa conversation, mais l'homme éclata de rire et lui empoigna les fesses. Sa réaction fut fulgurante. Elle se retourna, lui agrippa la main et la tordit en arrière. Il cria, et tout le monde autour d'eux regarda ce qui se passait. Un videur se rapprocha sans intervenir.

— On ne touche pas une femme sans sa permission, tu comprends, petite tête ? dit-elle d'un ton menaçant.

Elle fit pivoter sa main, et il hurla de douleur quand elle appuya sur un nerf.

— Maintenant, tu as le choix : tu dégages ou je te casse le poignet.

— Je m'en vais, gémit le garçon.

Elle le lâcha, et il recula en tenant sa main blessée.

— Sale pute.

— Répète ? Je n'ai pas bien entendu.

S'il y avait une chose qu'elle ne supportait pas, c'était les petits prédateurs misogynes. S'il n'avait pas compris la leçon, elle était prête à lui en donner une deuxième séance tenante.

— Il y a un problème ? demanda Alex en se matérialisant soudain à ses côtés.

Il fit un pas vers le garçon qui battait en retraite, mais Maria le retint par le bras.

— Plus maintenant, dit-elle comme l'importun disparaissait dans la foule. Je n'ai pas besoin de garde du corps, tu sais.

— J'ai vu. C'était très impressionnant.

Il prit sa main. Elle sentit ses doigts envelopper les siens et une vibration remonter le long de son bras avant d'irradier dans tout son corps.

— Ça va ?

— Très bien, réussit-elle à dire tandis qu'il observait ses doigts et qu'elle le dévisageait.

Il retourna doucement sa main dans la sienne et fronça les sourcils.

— Tu t'es cassé un ongle.

Elle baissa les yeux. Le faux ongle de son index s'était décollé. Zut, cette manucure lui avait coûté les yeux de la tête ! Elle cacha sa contrariété derrière un rire désinvolte.

— Je survivrai. Maintenant que tu as vu que je suis de taille à me défendre, tu peux cesser de jouer les chaperons et t'en aller.

— Je n'ai pas envie de partir.

Il sourit, charmeur.

— Maria, je suis sincèrement désolé d'avoir interrompu ta danse tout à l'heure et d'avoir gâché ta soirée.

Elle le dévisagea, méfiante. Elle n'en croyait rien. Que cachait cette soudaine contrition ?

— Je tiens à m'excuser.

Il s'adressa à Beth et Anna.

— Mesdemoiselles, j'ai un box dans la zone VIP et je serais très honoré que vous acceptiez de vous joindre à moi.

Elle savait bien que ce sourire ensorcelant était un piège ! Mais, avant qu'elle ait pu décliner son offre, ses amies acceptèrent avec enthousiasme.

— Génial !

Alex prit les deux jeunes femmes par le coude pour les conduire jusqu'à sa table sans lui laisser le temps de réagir.

Ils étaient déjà loin quand il fit mine de se rendre compte qu'elle ne les avait pas suivis. Il se retourna et lui décocha un sourire insolent, conscient d'avoir gagné la bataille.

— Tu viens, Maria ?

Il avait pris les commandes, anéantissant ses projets d'une virée entre copines. D'un autre côté, il y avait pire que de passer la soirée dans la zone VIP de l'une des boîtes de nuit les plus en vogue de Las Vegas. Elle lisait clair dans son jeu, mais cela ne lui interdisait pas de jouer sa propre partition. Qui sait ? Elle avait peut-être enfin l'opportunité ce soir de lui montrer qu'elle n'était plus une gentille petite fille.

Elle afficha un sourire éclatant.

— Avec joie !

Alex conduisit les deux jeunes femmes dans la zone VIP, mais son attention resta concentrée sur Maria qui les suivait à contrecœur. Beth et Anna s'installèrent à un bout du canapé semi-circulaire. Il attendit que Maria les rejoigne puis prit place à ses côtés en essayant de ne pas prêter attention à la façon dont ses seins tressautèrent sous son petit haut quand elle chercha une position confortable, ni au fait que le mouvement faisait remonter sa jupe encore plus haut sur ses cuisses bronzées. Elle était tout en courbes délicieuses. Chaque centimètre de son corps était sublime, et il mourait d'envie de l'explorer avec sa bouche et ses mains, de découvrir tous ses secrets. Il cilla et détourna les yeux dans l'espoir de chasser les images qui l'assaillaient.

Beth attrapa la carte des boissons sur la table basse et commanda d'autorité une tournée pour tout le monde. En moins de cinq minutes, la serveuse déposa devant chacun d'eux un petit verre rempli d'un liquide pourpre.

Alex contempla le breuvage, sourcils froncés, et envisagea de passer son tour face à ce qui ressemblait à du bonbon liquide. Mais il haussa les épaules. Qui était-il pour refuser une tournée avec un trio de filles magnifiques ? Portant un toast avec elles, il avala le breuvage cul sec.

Il déglutit avec une grimace. C'était abominablement sirupeux, du pur sucre aromatisé au pamplemousse. Il sentit son estomac se rebeller et but une grosse gorgée de bourbon pour neutraliser l'ennemi. La chaleur de l'alcool désintégra la nappe pourpre. Il prit une deuxième gorgée pour faire bonne mesure puis s'adossa au canapé et étendit un bras sur le dossier du canapé, derrière les épaules de Maria, à quelques centimètres de ce qui lui apparaissait comme la peau la plus douce qu'il ait jamais eu l'occasion de toucher. Il afficha un sourire désinvolte en croisant les doigts pour qu'il soit convaincant.

Elle se rapprocha de lui, assez près pour presser sa cuisse contre la sienne, et il se crispa à son contact.

— Si tu t'imagines que je ne sais pas ce que tu es en train de faire, tu te trompes, souffla-t-elle en souriant.

Il haussa les épaules.

— Qu'est-ce que je fais, d'après toi ?

— Tu appâtes mes amies en leur faisant miroiter des boissons à volonté pour qu'elles restent sagement assises sur le canapé. Comme ça, tu peux continuer à me surveiller.

Elle n'était pas sotte.

— Je parie que tu as déjà téléphoné à Rafa pour lui dire où je suis et que tu lui as promis de veiller sur moi, exact ?

Elle était vraiment douée. Il n'avait pas encore appelé Raf pour ne pas perturber sa soirée avec Jessica. Mais il y avait pensé, en effet.

Il sirota son bourbon sans rien dire. L'alcool commençait à répandre une douce chaleur en lui. À moins, que ce ne soit l'effet que Maria produisait sur lui ?

La serveuse approcha.

— Une autre tournée, mesdemoiselles ?

Alex sortit sa carte bancaire et la lui tendit.

— Apportez à ces demoiselles tout ce qu'elles commanderont.

La serveuse prit la carte pendant que les trois filles essayaient de décider quelle bouteille de champagne à mille dollars elles allaient choisir. Amusé, il leur suggéra d'en commander une de chaque. Proposition aussitôt adoptée à l'unanimité.

— Tu vas regretter ces paroles, l'avertit Maria en riant. Tu n'imagines pas ce dont nous sommes capables quand nous sortons faire la fête toute la nuit.

Alex haussa les épaules en souriant. L'argent n'était pas un problème. Il avait connu la misère quand il était enfant, mais c'était un passé révolu. The Brotherhood avait rapporté une petite fortune à chacun de ses membres. Il gagnait largement sa vie et aimait dépenser le fruit de son travail.

Ses invitées écarquillèrent les yeux quand la serveuse apporta la première bouteille de champagne et quatre coupes. Il se souvint des rêves qu'il faisait à leur âge, alors qu'il venait tout juste de sortir de l'université, son diplôme de gestionnaire administratif en poche, pauvre comme Job.

Maria et ses amies étaient des filles bien. Des femmes, rectifia-t-il en lui-même. Elles travaillaient dur toutes les trois au centre communal d'action sociale et elles méritaient qu'on les gâte un peu. Peu importait ce que cela lui coûterait, elles n'avaient sûrement pas souvent l'occasion de vivre une soirée *no limit* dans le box VIP d'une boîte de nuit à la mode. Il voulait qu'elles s'amusent. Et puis Maria n'avait pas tout à fait tort : aussi longtemps que ses amies resteraient assises sur ce canapé, elle ne bougerait pas de là et il l'aurait à l'œil.

— Amusez-vous sans vous soucier du reste, leur dit-il.

Il se souvint des paroles de Gabe avant son départ et sourit.

— Faites des bêtises.

2

Une heure et quelques coupes de champagne plus tard, Alex regardait les trois jeunes femmes se déhancher sur la piste de danse, les bras levés au-dessus de la tête, tournant ostensiblement le dos aux garçons qui tentaient de se joindre à elles. Aucun risque : il veillait au grain. Pas question qu'un abruti pose ses grosses pattes sur Maria ou sur l'une de ses amies.

Réprimant un rire, il revit la façon dont elle s'était débarrassée du pauvre type qui l'avait importunée un peu plus tôt dans la soirée. Elle lui avait pratiquement cassé le poignet. De toute évidence, Maria n'était pas la fragile jeune femme qu'il avait voulu voir en elle. Elle était courageuse, déterminée et elle savait se défendre.

Elle avait raison en affirmant qu'elle n'avait pas besoin d'un garde du corps. Il aurait pu partir… mais il n'en avait pas envie. Il aimait trop la regarder danser. Il buvait des yeux ses ondulations sensuelles, sa façon de secouer ses longs cheveux noirs et de fermer les paupières comme si la musique la pénétrait comme un fluide.

Le désir brûla au creux de son ventre. Le décor de la boîte de nuit s'effaça, et il ne vit plus que Maria qui tournait lentement sur elle-même tout en lui lançant des œillades appuyées. Elle accentuait volontairement le balancement de ses hanches. Bon sang. Il faudrait ajouter l'art de la torture à la liste de ses talents.

Son cœur cogna dans sa poitrine, et il sentit son sexe prendre vie tandis que la sœur de son meilleur ami évoluait telle une sirène dans la lumière. Comme si elle lisait dans ses pensées, un sourire entrouvrit lentement ses lèvres et elle lui décocha un clin d'œil. Puis elle quitta ses amies et le rejoignit sur le canapé d'un pas affirmé, perchée sur ses talons hauts. Elle s'assit à côté de lui, rejeta ses cheveux en arrière et s'éventa en souriant avec la carte des boissons. Il essaya de ne pas plonger les yeux dans son décolleté, mais il perdit la bataille et se délecta de la vision de ses seins ronds sous son petit haut. Il serra les poings pour s'empêcher de les prendre dans ses mains.

— Hé, mes yeux sont plus hauts, lança-t-elle.

Il leva précipitamment son regard.

— Exact.

Elle reposa la carte sur la table en se penchant vers lui et un frisson le parcourut.

— Tu sais, si tu dois me surveiller toute la soirée, autant venir danser avec moi.

— Non, merci.

Il secoua la tête, mais il était tellement tendu que le mouvement fut saccadé.

— Je croyais que tu étais furieuse après moi ? demanda-t-il.

— Je m'amuse trop pour être en colère. Et puis tu peux te faire pardonner en m'accordant une danse. Ce serait la moindre des choses.

— Et pourquoi donc ?

— Je dansais avec quelqu'un quand tu nous as interrompus grossièrement. Tu me dois une danse.

— Je t'ai rendu service. Ce type était un minable.

— Qu'est-ce que tu en sais ?

— Il n'a pas essayé de se battre pour toi.

Elle écarquilla les yeux.

— Tu te serais battu, toi ?

Il répondit sans une hésitation.

— La question ne se pose même pas.

Elle sourit lentement, et leurs yeux se rencontrèrent.

— Bon, juste une danse alors, grommela-t-il.

Elle le prit par la main, et il se laissa entraîner sur la piste bondée. Elle ne rejoignit pas ses amies et l'emmena dans un coin peu éclairé. La musique vibrait dans les haut-parleurs et la houle poussa Maria contre lui. Gabe lui avait conseillé de faire des bêtises, mais là il franchissait les limites de l'acceptable.

Maria se tourna pour lui faire face, leva les bras au-dessus de la tête et se balança en rythme. Elle avait toujours été une jeune fille sage et réservée. Où diable avait-elle appris à bouger de cette façon ?

Ses yeux ne lâchaient pas les siens, et le reste du club s'effaça peu à peu tandis que son désir d'elle prenait les commandes. Il ne pouvait pas résister, elle l'envoûtait. Ils étaient seuls au monde. Elle lui tourna le dos et donna petit coup de reins pour pousser ses fesses contre son entrejambe. Un éclair de plaisir le traversa comme une lame. Elle recommença le même manège et, sans même avoir conscience de son geste, il posa la main sur sa hanche pour la maintenir contre lui tandis qu'elle ondulait, continuant à frotter ses fesses contre son sexe bandé. Elle ne pouvait pas ne pas sentir qu'il était en érection. Peut-être était-ce l'alcool, le rythme ensorcelant de la musique, les lumières et la foule qui sapaient sa raison et levaient ses inhibitions. Ou bien c'était elle, tout simplement. Elle était magnifique, ensorcelante et il la désirait. Il ne servait plus à rien de le nier. Il avait dépassé ce stade.

Sans réfléchir – son cerveau s'était déconnecté de ses actes et il agissait à l'instinct –, il posa la main sur son ventre, sous son nombril. Il était encore temps d'arrêter cette folie, mais tout son corps avait faim d'elle. Même si c'était une erreur, il voulait Maria Martinez.

D'une pression, il la plaqua contre son sexe en érection. Elle se retourna entre ses bras pour lui faire face, et il posa la main sur sa chute de reins sublime. Il avait pleinement conscience de l'identité de sa partenaire. C'était Maria, la sœur de son meilleur ami. Maria avait qui il avait grandi. Il était encore temps de partir en courant mais, au lieu de se conduire comme un homme sensé, il se colla plus étroitement encore contre elle. Malgré ses talons hauts, il la dominait de la tête et des épaules. Inclinant son visage vers sa chevelure, il respira son parfum et ferma les yeux pour s'en imprégner.

Comment était-il possible qu'il n'ait jamais remarqué qu'elle sentait aussi bon ?

Allons, qui croyait-il abuser ? Il l'avait toujours su, bien entendu. Depuis des années. Mais il se l'avouait seulement ce soir. Pendant qu'il avait les yeux fermés, elle faufila une jambe entre les siennes et bougea contre lui dans un va-et-vient sensuel. C'était tellement torride qu'il se demanda s'il n'allait pas prendre feu sur la piste de danse.

Tout en se vouant lui-même aux flammes éternelles, il referma les mains autour de sa taille minuscule et la fit osciller de gauche à droite pour amplifier le frottement délicieux de leurs deux corps. Elle ouvrit les lèvres, et il vit sa poitrine se soulever au rythme de sa respiration saccadée. Elle était dans le même état d'excitation que lui.

Elle enroula ses bras autour de son cou et se lova plus près. Sa bouche était proche de son oreille, et malgré la musique il entendit son cri étouffé quand il pressa sa cuisse contre son entrejambe. C'était de la folie. Il violait la première règle du code de l'amitié – on ne touche pas à la sœur d'un copain ! Mais il était incapable de résister. Dieu, il voulait entendre de nouveau ce petit cri. Il avança une nouvelle fois sa cuisse et la pressa contre son intimité. Ses lèvres laissèrent échapper un gémissement. Il continua à la caresser avec sa jambe jusqu'à ce que sa respiration se suspende et que les muscles de ses cuisses se contractent autour de la sienne. Elle pencha la tête en arrière, se mordit les lèvres et un frisson la parcourut. Il refusa de détacher ses yeux des siens pendant qu'elle jouissait.

La réalité le frappa avec la violence d'un coup de poing. Il se figea, abasourdi par ce qui venait de se passer. C'était Maria. Et il venait de lui donner un orgasme au beau milieu de la foule sur une piste de danse ! Elle lui sourit et lui décocha un clin d'œil, visiblement beaucoup plus à l'aise que lui.

Il regarda sa bouche, ses lèvres pleines. Son arc de cupidon qu'elle avait redessiné avec du rouge à lèvres semblait si délicieux qu'il mourait d'envie de le goûter. Ils cessèrent de danser, oubliant où ils étaient, qui ils étaient. Ils respiraient fort tous les deux et, à chacune de ses respirations, la pointe tendue des seins de Maria effleurait son torse. L'air entre eux était électrique et il sut qu'il devait s'éloigner avant de se brûler.

— Maria, chuchota-t-il.

Il suivit le dessin de ses lèvres avec son pouce. Elle les ouvrit et happa sensuellement son doigt. Elle le suça, le lécha. Il en eut le souffle coupé. Fermant les yeux, il imagina ce que cela serait de se perdre dans la chaleur de son corps.

— Bon Dieu, Maria, marmonna-t-il.

Il devait s'arracher à ce sortilège, mais il ne parvenait pas à bouger. Il était pris au piège sur la piste de danse, glacé, sans volonté. Il y avait eu beaucoup de femmes dans sa vie, mais aucune ne l'avait ensorcelé de cette façon et il savait que cela ne pouvait que mal se finir.

Elle ronronna de plaisir autour de son pouce, et le bourdonnement fit céder les derniers lambeaux de sa résistance. Il retira son doigt et le remplaça par sa bouche. Capturant sa lèvre inférieure entre ses dents, il la mordilla doucement jusqu'à ce qu'elle s'ouvre à ses baisers. Il explora sa chaleur. Il n'avait jamais rien connu d'aussi doux et il agrippa ses hanches pour la broyer contre lui avant de faire descendre ses mains jusqu'à ses fesses.

C'était mal. Il devait absolument tout à Rafael. Il n'avait pas le droit de séduire sa sœur sur une piste de danse. Mais il avait beau se répéter ces mots, dans un coin de son esprit il ne pouvait pas s'empêcher de penser que ce ne serait pas compliqué de l'emmener chez lui et de…

Non ! Il ne pouvait pas faire ça. Il ouvrit les yeux, dégrisé. Le brouillard du désir qui avait obscurci son esprit se déchira, et il sut qu'il devait mettre un terme à cette folie. Tout de suite ! Il lâcha Maria et recula, le visage livide. Elle tituba légèrement comme si elle ne savait plus où elle était. Elle avait l'air abasourdie, hébétée. Refusant de voir la lueur blessée dans ses yeux, il sortit son téléphone portable et envoya un texto au chauffeur qui se tenait à leur disposition vingt-quatre heures sur vingt-quatre. Il lui communiqua l'adresse de la boîte de nuit puis regarda Maria.

— Je viens d'appeler une voiture. Va chercher tes amies. Vous rentrez chez vous.

3

— Tu t'es bien amusée, hier soir ? demanda Rafael en poussant la porte du Thalia, l'un des restaurants dont The Brotherhood était propriétaire.

Le ton de sa voix était innocent, mais Maria connaissait son frère : sous ses airs détachés, il s'apprêtait à lui faire passer un interrogatoire en règle.

Le serveur les guida jusqu'à leur table et elle prit le temps avant de répondre. Rafa n'était pas le seul à savoir afficher un visage impassible de joueur de poker. Tout en faisant mine d'étudier la carte, elle se demanda s'il était au courant de sa danse torride avec Alex. Pas par lui, évidemment. Il était impossible qu'il lui en ait parlé. Mais quelqu'un pouvait les avoir vus. Savait-il qu'Alex l'avait embrassée ? Et plus encore ?

— Quel est le sens de ta question ?

Le serveur se pencha vers Rafael.

— Monsieur Martinez, vos amis m'ont chargé de vous dire qu'ils étaient en chemin.

— Merci, Nick.

Rafa l'avait convaincue de se joindre à son dîner mensuel avec les membres de The Brotherhood.

— Il n'y a pas de piège, je te demande juste comment s'est passée ta soirée avec tes amies.

Elle haussa les épaules.

— Très bien. En fait, Alex était là et comme tu le sais il prend son rôle de garde du corps très à cœur.

— Vraiment ?

Il avait l'air surpris.

— Je l'ai vu ce matin et il ne m'en a pas parlé. Je me doute qu'il a veillé sur toi.

Un flot de chaleur monta aux joues de Maria tandis qu'elle songeait à la façon dont il avait *veillé* sur elle. Elle se rappelait le contact de ses lèvres, la façon dont sa langue avait cherché la sienne. Il lui avait donné un orgasme en public ! Impensable. Ça ne lui était jamais arrivé. En même temps, elle n'avait jamais éprouvé un désir aussi sauvage pour un homme. Elle n'avait qu'une idée : recommencer. Avec Alex.

— Tu es rentrée à quelle heure ?

— À une heure très raisonnable, *maman*, ironisa-t-elle.

Elle mentait. En réalité, elle s'était couchée

très tard et elle avait trop bu. Elle l'avait amèrement regretté à son réveil, ce matin. Gérer une trentaine d'enfants turbulents et énervés au centre social n'avait rien arrangé. Elle avait eu la migraine jusqu'à la pause déjeuner. Mais pas question de le dire à Rafael. Elle n'avait aucune envie qu'il se lance dans une leçon de morale.

— Je me suis bien amusée. Je me serais volontiers passée d'un chaperon, mais c'était quand même sympa de retrouver Alex.

— Je sais que tu me trouves parfois un peu trop autoritaire, mais…

— Un peu ? Tu plaisantes ! Quand vas-tu apprendre à me faire confiance ?

— Mais j'ai confiance en toi ! Ce sont les hommes dont je me méfie.

Comme elle levait les yeux au ciel, il poursuivit :

— Je m'inquiète pour toi, non sans raison. Tu ignores tout des dangers de la vie.

— Rafa, j'ai voyagé à travers le monde et je suis allée dans des endroits autrement plus dangereux que Las Vegas Boulevard ! Quant aux hommes, j'en sais plus long que toi sur le sujet.

Il soupira.

— Pourquoi faut-il toujours que tu aies le dernier mot ?

— Parce que je suis ta sœur et que je te ressemble ? suggéra-t-elle avec un grand sourire.

Il éclata de rire.

— Possible. Bon, comment trouves-tu ton nouvel appartement ?

— Je l'adore ! Et j'ai une super colocataire.

Depuis la fin de sa mission, à Haïti, sa priorité avait été de trouver un logement. Mais le loyer était cher et son activité au centre très peu rémunérée. Elle adorait son travail, mais elle allait devoir chercher un autre emploi si elle voulait continuer à payer ses factures.

— Le quartier est mal famé, grommela Rafael.

— Il me convient parfaitement. Il est proche du centre, et Beth et moi pratiquons le covoiturage. D'ailleurs, il n'y a eu ni cambriolage ni meurtre depuis que j'ai emménagé.

Il sursauta puis grimaça un sourire en comprenant manifestement qu'elle plaisantait.

— Très amusant.

— J'apprécie que tu veilles sur moi, mais il faut que tu me laisses vivre ma vie.

— J'essaie. Mais tu es ma petite sœur. Et je veillerai toujours sur toi, prêt à pourfendre tous ceux qui te veulent du mal.

Elle l'embrassa sur la joue. Elle adorait son frère même s'il était exaspérant par moments et beaucoup trop protecteur.

— Merci d'avance.

Leur conversation fut interrompue par l'arrivée de Brett et de Rebecca. Puis Jessica, la fiancée de Rafael, les rejoignit et Maria sourit en voyant le visage de son frère s'éclairer à sa vue. Gabe et Alana entrèrent à leur tour.

Alex arriva le dernier et s'excusa d'être en retard. Maria retint son souffle tandis qu'il prenait place en face d'elle, à l'unique place vacante, et lui adressait à peine un regard. Elle l'observa pendant qu'il étudiait le menu. Il était très sexy avec son pantalon noir sur mesure et sa chemise blanche ouverte au col. Ses manches roulées jusqu'aux coudes dévoilaient les tatouages noirs et gris qui décrivaient des volutes sur ses avant-bras. Le désir lui dessécha la gorge, et elle but une gorgée de vin pour l'hydrater.

— Alors, dit Gabe en regardant dans la direction d'Alex et d'Alana. On va enfin connaître ce fameux « projet secret » sur lequel vous travaillez tous les deux ?

Alex et Alana s'observèrent en souriant.

— En fait, ce n'est pas vraiment un secret, précisa Alex. Nous préférons simplement ne pas l'ébruiter pour le moment.

Il baissa la voix, et tous se penchèrent pour écouter.

— The Brotherhood va se lancer dans l'hôtellerie.

— Les suites privées du Paradis Terrestre ne suffisent plus ? s'étonna Rebecca en faisant allusion au club libertin dont ils étaient propriétaires.

— Vous n'allez peut-être pas le croire mais, après la publicité que lui ont faite Rafael et Jessica, les demandes d'adhésion au club ont triplé, révéla Alex avec un sourire amusé.

Rafael leva les yeux au ciel.

— Très flatté, grommela-t-il en passant un bras autour des épaules de sa fiancée. Mais on ne l'a vraiment pas fait exprès.

Une sextape avait été filmée à leur insu dans la suite privée de Rafael et diffusée sur une chaîne de télévision locale. Le scandale avait failli leur coûter leur carrière politique – et entraîner la fermeture définitive du club. Le Paradis Terrestre offrait à une clientèle très haut de gamme la possibilité d'assouvir ses fantasmes les plus secrets dans un lieu sûr. La confidentialité était leur marque de fabrique, et la diffusion de ces images volées au sein même du club aurait pu leur être fatale. Contre toute attente, elle avait produit exactement l'effet inverse en offrant une formidable publicité à ce lieu de plaisirs nocturnes, unique à Las Vegas.

Alana éclata de rire.

— Malgré les mesures de contrôle draconiennes mises en place depuis l'incident, nous refusons du monde ! Nous devons donc nous agrandir. Il y a deux semaines, Alex et moi avons cogité devant une feuille de papier et une bouteille de whisky. Et nous avons imaginé Hedo.

— Hedo ? répéta Gabe. Un deuxième club libertin ?

— Pas exactement, clarifia Alex. Nous allons créer le premier complexe de jeux érotiques de Las Vegas. Les clients pourront vivre leurs fantasmes en choisissant leur univers. Chaque étage correspondra à un thème. Et, contrairement au Paradis, il n'y aura pas besoin d'être membre pour entrer. Ainsi, nous attirerons une clientèle cosmopolite, à la recherche d'expériences uniques. Nous incarnerons l'esprit même de Sin City. Du sexe haut de gamme. Un terrain de jeux luxueux réservé aux adultes. Le tout présenté dans un décor raffiné, avec du marbre blanc, des tapisseries, du mobilier authentique, des DJ sexy… Bref, tout ce que le client le plus difficile peut attendre d'un night-club avant de monter dans sa chambre.

Gabe hocha la tête en souriant.

— J'adore l'idée. Mais pourquoi tout ce mystère ?

— Pour éviter qu'on nous vole le concept avant qu'il soit lancé. Alana et moi nous avons déjà choisi le lieu où Hedo sortira de terre.

Il baissa la voix pour éviter qu'on l'entende.

— À l'extrémité nord du Strip. Ce sera notre première pierre pour développer tout le secteur... comme nous en avons toujours rêvé.

— C'est très ambitieux, murmura pensivement Rafael. Ça va être énorme.

— Bientôt, le nom de The Brotherhood deviendra indissociable du Strip. Si nous nous concentrons sur cet objectif pendant les dix années à venir, nous serons plus puissants et plus riches que n'importe qui sur Las Vegas Boulevard.

— J'en suis ! dit Gabe en levant son verre.

Maria ne put s'empêcher de dévorer Alex des yeux tandis qu'il expliquait en détail en quoi consisterait leur nouveau projet. Son enthousiasme était communicatif. Il n'y avait rien de plus sexy à ses yeux qu'un homme passionné capable de tenir un auditoire dans le creux de sa main.

— Il faudra qu'on vous montre les plans que nous avons réalisés, dit Alana. Hedo sera un endroit extraordinaire. Une plongée dans l'hédonisme de la Grèce antique tout en conservant les thèmes de nos autres business.

— Les vêtements seront optionnels, ajouta Alex avec un clin d'œil. Ce sera un endroit à la fois immense et intime. Très sexy. Vu l'afflux de nouveaux clients au Paradis Terrestre, il nous faudra davantage de place et de prestations personnalisées.

Il sourit à Rafael et Jessica.

— On ne vous remerciera jamais assez.

Rafael et Jessica firent la grimace mais éclatèrent de rire. Maria avait eu mal pour eux quand leur vie privée avait été exposée au grand jour par une journaliste locale, mais d'un certain côté elle trouvait rassurant que son frère ne soit pas un homme parfait.

— À ce propos, dit Rafael en se tournant vers Gabe. Il faudra remettre en place cette fiducie sans droit de regard. Les élections sénatoriales approchent, je ne peux pas me permettre d'être associé à une bande d'obsédés.

— Je ne sais pas, Rafa, intervint Maria d'un ton malicieux. Tu es le seul de la bande en question à avoir tourné une sextape.

Toute la tablée éclata de rire, et elle eut chaud au cœur en entendant le rire d'Alex se mêler à celui de ses amis.

— Maria, je t'adore, grommela Raphaël. Mais sois gentille, ferme-la.

Il se tourna vers Alex.

— Sérieusement, mon nom ne doit pas être mentionné. Officiellement, je ne participe pas au projet.

— Ne t'inquiète pas, tu n'apparaîtras nulle part. Et nous te soutiendrons dans ta campagne de toutes les manières possibles.

On sentait le lien très fort qui les unissait, Raf et lui. Aussi loin que Maria se rappelle, il en avait toujours été ainsi. Elle croisa le regard d'Alex l'espace d'une seconde puis il baissa les yeux sur son verre, le porta à ses lèvres et le vida d'un trait.

Elle laissa son esprit vagabonder, et les souvenirs de la soirée en profitèrent pour venir l'assaillir. La façon dont ses lèvres avaient mordillé les siennes, la puissance de ses mains sur son corps. Sa cuisse dure contre son entrejambe… La réalité céda la place au fantasme, et elle imagina son corps nu au-dessus du sien pendant qu'il…

— Content de te revoir, Maria, dit Brett à l'autre bout de la table, détournant son attention d'Alex et de toutes ces choses inavouables qu'elle rêvait qu'il lui fasse.

Elle se ressaisit rapidement.

— Merci. Moi aussi.

— Tu fais quoi en ce moment ?

— Je travaille dans l'un des centres d'action

sociale de la ville. On s'occupe des enfants avant et après l'école, et on organise des activités périscolaires. C'est passionnant, mais je dois trouver une activité plus rémunératrice.

Elle observa les convives assis autour de la table. Ils comptaient parmi les plus gros salaires de la ville. Depuis combien de temps ne s'étaient-ils pas inquiétés de savoir comment ils allaient payer leur loyer ? Rafael lui avait proposé de l'aider financièrement, mais elle ne voulait pas en entendre parler. Elle était indépendante et fière de l'être.

— Et comment se passe ta recherche d'emploi ? demanda Alana.

— Fastidieuse. Il a très peu d'offres dans le social. On propose surtout du bénévolat et des stages. Mais je m'accroche, je bats le pavé. Je vais bien finir par trouver quelque chose.

— Je voulais l'embaucher, expliqua Rafael. Mais elle a refusé.

— La politique, ce n'est pas du tout mon truc. Et puis avoir Rafa comme patron, merci bien ! Je crois que je donnerais ma démission au bout de deux jours.

— Tu pourrais venir travailler chez Collins/Fischer, suggéra Brett.

— Pardon ?

Maria lança un bref regard à Alex, mais son visage ne reflétait strictement rien.

— Ce projet d'hôtel va tous nous accaparer, poursuivit Brett. Nous aurons besoin d'une autre assistante.

— C'est toi qui le dis, glissa Alex.

— Écoute, nous en avons déjà parlé, l'interrompit Brett. Nous sommes constamment sur le fil. Crois-moi, une assistante de plus ne serait pas du luxe. Nous travaillons beaucoup trop l'un comme l'autre.

Il se tourna vers Maria.

— Qu'est-ce que tu en penses ? Si tu es d'accord, tu pourrais commencer dès la semaine prochaine.

Elle leva les yeux vers Alex. Son regard avait la même intensité brûlante que la nuit dernière, mais elle ne parvenait pas à déchiffrer l'émotion qui s'y reflétait. Colère ? Désir ? Impossible de trancher.

Travailler pour Brett ou Alex revenait à travailler indirectement pour son frère : toutes leurs entreprises étaient étroitement liées. Mais pouvait-elle refuser une offre d'emploi ?

— Eh bien… J'accepte avec plaisir. Merci.

— Génial ! approuva Brett en se tournant vers Alex. C'est une super nouvelle, non ?

— Fantastique, acquiesça-t-il d'un ton indifférent.

Maria sourit. Il essayait de donner le change, mais elle n'était pas dupe. Il n'était pas indifférent la nuit dernière pendant leur danse. L'occasion était trop belle pour ne pas s'amuser un peu à ses dépens. Comme les conversations reprenaient, elle s'adossa à sa chaise et retira discrètement l'un de ses escarpins sous la table. Puis elle allongea la jambe jusqu'à ce qu'elle sente son pantalon sous ses orteils. Il se raidit à son contact. Réprimant un sourire, elle fit glisser son pied le long de sa jambe. Il cilla et ses yeux fondirent sur les siens.

À la façon dont ses épaules se soulevèrent lentement, elle devina qu'il prenait une profonde inspiration, mais ce fut sa seule réaction visible. Il ne chercha pas à se dérober tandis qu'elle faisait remonter son pied le long de son tibia, dépassait son genou puis suivait l'intérieur de sa cuisse. Elle lut un avertissement dans son regard mais n'en tint pas compte et s'aventura plus haut jusqu'à son entrejambe. Son sexe était dur, bandé, et conforme à ce qu'elle avait senti la nuit dernière : imposant. Alex la désirait, et cette certitude lui donnait une impression de toute-puissance. Il pouvait jouer les blasés et feindre l'indifférence, elle savait que c'était de la comédie. Elle le tenait sous sa coupe et elle était prête à utiliser son pouvoir pour obtenir ce qu'elle voulait… Et ce qu'elle voulait c'était lui.

Il essaya de participer à la conversation et de l'ignorer. Mais il avait visiblement du mal à se concentrer. Il but une gorgée d'eau et, comme elle suivait du bout des orteils la ligne dure de son sexe, il s'étrangla, attirant sur lui l'attention de toute la tablée. Il repoussa son pied, et elle porta son verre de vin à ses lèvres en souriant de sa victoire. *Alors, qui est indifférent, maintenant ?*

— Si vous voulez bien m'excuser, il faut que j'aille aux toilettes, dit-elle en remettant discrètement son escarpin avant de se lever.

Elle sentit le regard d'Alex dans son dos tandis qu'elle s'éloignait en accentuant le balancement de ses hanches. Elle savait qu'il l'observait toujours quand elle tourna dans le couloir menant aux toilettes. Elle s'arrêta et patienta, adossée au mur.

Comme prévu, elle n'eut pas longtemps à attendre. Il apparut moins d'une minute plus tard, les traits tendus, et passa la main dans ses cheveux d'un geste nerveux.

— Bon Dieu, Maria, à quoi joues-tu ?

— Ça ne t'a pas plu ?

Elle regarda ostensiblement son entrejambe.

— Apparemment, si. Comme ce qui s'est passé hier soir, n'est-ce pas ?

Il ignora sa question.

— Il ne s'est rien passé.

— Ah non ?

— Non. C'était une erreur que tu ferais mieux d'oublier.

Elle secoua la tête.

— Je ne suis pas sûre d'y arriver. Ni même d'en avoir envie.

— Maria…, l'avertit-il d'une voix sombre où perçait de la frustration.

Il avança d'un pas, réduisant la distance entre eux.

— Tu aurais tort de me provoquer.

Elle redressa le menton et se rapprocha de lui. La pointe de ses seins effleura son torse. Ils étaient tendus et douloureux de désir. Tout son corps le désirait. Elle plongea son regard dans le sien et s'humecta les lèvres. Il suivit des yeux le mouvement de sa langue.

— J'aime te provoquer, chuchota-t-elle en posant la main sur son sexe.

Avec satisfaction, elle constata qu'il était toujours bandé.

— Et si j'en juge sur pièce, tu aimes ça aussi.

Il fondit sur elle en un éclair. Saisissant son visage entre ses mains, il écrasa sa bouche sur la sienne. Il n'y avait ni hésitation ni douceur dans son baiser. Il était exigeant, dur, et il sentait le bourbon, le cigare, mais par-dessus tout il sentait Alex.

Elle jeta ses bras derrière sa nuque et enfouit

ses mains dans ses cheveux. Il la plaqua brutalement contre le mur et se pressa contre elle pour qu'elle sente l'intensité de son désir contre son ventre. Elle avait envie de lui. Elle voulait le sentir sur elle, en elle. Et elle savait qu'il le voulait aussi.

Elle enroula une jambe autour de sa cuisse. Il l'agrippa plus fort, la broyant contre lui. Elle gémit sous sa bouche puis laissa échapper un petit cri de désarroi quand il recula subitement.

— Seigneur, je suis désolé !

Sa voix était un chuchotement rauque tandis qu'il s'essuyait la bouche du dos de la main.

Elle le fixa du regard, la respiration haletante.

— Pas moi.

— Je n'aurais pas dû faire ça.

— Tu ne m'as forcée à rien, j'étais consentante.

Il secoua la tête, les mâchoires serrées.

— Il faut que je parte d'ici. Retourne à table, Maria, ordonna-t-il d'une voix altérée. Ton frère t'attend.

— Tu t'en vas ?

— Il faut que je me tienne à distance de toi, dit-il tout bas, calmement, comme s'il se parlait à lui-même.

— Ce sera difficile vu que je vais travailler pour toi à partir de la semaine prochaine.

— Tu es l'assistante de Brett, pas la mienne.

— Alex, ne sois pas ridicule…

Il leva la main pour l'interrompre.

— Non, dit-il dans un souffle rageur. Ça s'arrête là. J'ai déjà transgressé beaucoup trop d'interdits avec toi. Oublie que c'est arrivé.

— Comment veux-tu que j'oublie ? dit-elle en se pressant contre lui. Alex, je te désire depuis si longtemps et maintenant que je sais combien c'est bon de t'embrasser, de te toucher…

Elle pressa sa main sur son sexe.

— Combien tu es fort et dur. J'en veux plus.

Elle le caressa à travers le tissu de son pantalon. Il ferma les yeux, et elle sentit son pouvoir quand il gémit. Elle se rapprocha encore.

— Tu ne me désires pas ? chuchota-t-elle tout contre son cou.

Sa barbe naissante lui piqua les lèvres. Une onde électrique la traversa et elle sentit la décharge jusqu'aux tréfonds de son être.

Il hésita – elle voyait la tension de sa joue, ses poings serrés et elle savait qu'il essayait de résister. Sa raison luttait contre sa libido et, à son soupir haché, elle sut de quel côté venait de pencher la victoire. Il hocha la tête et un sentiment de triomphe l'envahit.

— Je te désire.

Il la repoussa.

— Mais cela ne peut pas arriver, dit-il avant de se détourner et de regagner la salle à manger.

4

Alex était d'humeur sombre quand il franchit la porte de la BH Tower. L'immeuble appartenait à The Brotherhood et abritait les bureaux de toutes leurs entreprises, y compris le Paradis Terrestre, au rez-de-chaussée.

Au moment de s'engouffrer dans l'ascenseur pour monter à l'étage de Collins/Fischer, il hésita, tenté de faire demi-tour. Voilà une semaine que Brett avait pris l'initiative d'embaucher Maria sans même le consulter, et depuis il avait les nerfs à vif.

Il ne l'avait pas revue depuis la scène qui s'était déroulée au restaurant, mais cela ne changeait rien au problème : il ne pensait qu'à elle. Où qu'il aille, il sentait son parfum comme s'il était imprimé sur sa peau. Elle prenait ses fonctions ce lundi et, même si elle était l'assistante de Brett, et non la sienne, il ne savait pas comment il allait réussir se concentrer sachant qu'elle serait à quelques mètres de lui.

L'ascenseur s'arrêta à son étage, et il regarda le panneau de commande, tenté d'appuyer sur celui du rez-de-chaussée pour redescendre. Face à lui, sur le mur, le logo Collins/Fischer se détachait en lettres d'or sur fond noir.

— Et merde, marmonna-t-il entre ses dents.

C'était son nom, sa société, ce foutu immeuble lui appartenait. Il avait trimé comme un forçat pour arriver là où il était aujourd'hui. Il s'était battu, il était tombé, il s'était relevé et finalement il avait vaincu tous les obstacles jusqu'au sommet. Si c'était pour fuir comme un lâche devant une femme, autant rendre les clés de son entreprise, retourner là d'où il venait, et devenir un minable, comme son père.

Prenant une profonde respiration, il sortit de l'ascenseur et se dirigea vers son bureau. Les couloirs habituellement animés par le va-et-vient des employés et le bourdonnement des téléphones étaient déserts. Normal, il était à peine 7 heures. Alex et Brett aimaient commencer leur journée très tôt, mais ils n'avaient pas la même exigence pour leurs équipes : personne n'était tenu d'arriver avant 9 heures. Ils mettaient à profit cette bulle de silence pour discuter de leurs projets, se répartir les rendez-vous et caler leurs emplois du temps de la semaine.

Il bâilla et se rappela qu'il avait oublié de racheter du café. Il avait fini samedi le dernier paquet de son mélange spécial, qu'il faisait venir spécialement du Panamá. En attendant de se réapprovisionner, il allait devoir se contenter du café en dosettes que tout le monde buvait dans le service. Au lieu de se rendre directement dans son bureau, il fit un crochet par la salle de pause.

Une note d'un parfum familier le stoppa net sur le seuil. Il n'était pas seul dans la pièce. Maria se tourna vers lui, et il cessa de respirer. Elle était époustouflante dans un chemisier blanc cintré et une jupe crayon grise qui s'arrêtait juste au-dessus du genou. Ses cheveux noirs étaient relevés en chignon et elle était chaussée de petits escarpins rouges à hauts talons. La coupe classique de ses vêtements mettait subtilement en valeur ses courbes délicieuses.

Ses lèvres peintes en rouge s'ouvrirent sur un sourire.

— Salut, Alex. Ou devrais-je dire « patron » ? demanda-t-elle d'une voix sensuelle qui fit monter sa tension artérielle en flèche.

Il allait mourir d'une crise cardiaque.

Si Rafael ne le tuait pas avant.

Hochant la tête, il passa devant elle sans lui rendre son bonjour et se prépara un café.

— Qu'est-ce que tu fais ici ? demanda-t-il sèchement sans la regarder.

— Je travaille ici, tu te rappelles ?

Comment aurait-il pu l'oublier ?

— Je faisais allusion à l'heure. Les employés ne sont pas tenus d'arriver avant 8 h 30.

— Brett m'a envoyé un texto pour me demander de venir tôt. Il veut avoir le temps de m'expliquer en quoi consistera mon travail. Et il souhaite aussi que je sois présente à votre réunion du matin. Ensuite Alana me briefera sur le projet Hedo. Vous commencez la journée de bonne heure… il est normal que votre assistante en fasse autant.

— Tu es l'assistante de Brett, pas la mienne, grommela-t-il.

Sa voix était rauque et âpre de désir. Il avait besoin d'un répit pour s'adapter à la situation et attaquer la journée sans redouter de bander parce qu'il l'imaginait renversée sur son bureau, sa jupe retroussée.

Elle n'eut pas l'air offusquée par son ton peu amène et laissa échapper un rire.

— Tu es grognon le matin, Alex.

Ses talons claquèrent tandis qu'elle s'approchait d'une rangée de placards et inspectait rapidement leur contenu, se familiarisant avec le lieu avant de revenir près de lui pour ouvrir le réfrigérateur. Elle se pencha et glissa le sac en papier brun contenant son déjeuner dans un espace libre sur le rayon du bas. Impossible de ne pas dévorer des yeux ses fesses rondes et fermes, moulées par le tissu gris de sa jupe. Alex essaya de regarder ailleurs quand elle se redressa, mais il était comme possédé. Incapable de résister, il la rejoignit et lui empoigna les hanches par-derrière, enfonçant ses doigts dans sa chair.

Elle laissa échapper un petit cri de surprise et se redressa complètement, appuyant son dos contre son torse.

— Alex.

Ce n'était qu'un chuchotement, mais il sonna comme un cri dans la pièce silencieuse.

Il inclina son visage, pressa ses lèvres sur sa tempe, sa joue, son cou.

— Je ne sais pas ce que tu me fais, mais je ne peux pas te résister.

— Je ne veux peut-être pas que tu résistes.

Il se poussa contre elle, certain qu'elle ne pouvait pas ne pas sentir l'effet qu'elle produisait sur lui. Elle était chaude, ferme et douce à la fois.

— On ne peut pas faire ça. Je le sais. Tu le sais. Nous sommes déjà allés trop loin.

— Je ne comprends pas pourquoi. Si nous en avons envie tous les deux, où est le mal ?

Il connaissait une bonne centaine de raisons pour lesquelles ils ne devaient pas céder à la tentation, mais en cet instant il était incapable d'en avancer une seule. Le corps de Maria contre le sien le rendait fou. Il se pencha vers elle et elle tourna son visage vers lui. Leurs lèvres n'étaient plus qu'à un millimètre. Il sentait sa respiration, il pouvait presque la goûter…

Il entendit quelqu'un toussoter derrière eux et recula d'un bond. Il pivota, persuadé de voir Rafael : il avait lui aussi un bureau au dernier étage de l'immeuble. Mais c'était Brett. Son associé les observait, les sourcils froncés. Visiblement, il n'avait aucun doute sur la scène qu'il venait d'interrompre.

— Maria, si tu es prête on va aller dans mon bureau.

Elle se ressaisit à une vitesse stupéfiante.

— Bien sûr. Allons-y, dit-elle en souriant à son nouveau patron comme si de rien n'était.

Elle s'éloigna, ses talons claquant sur le sol. Brett s'effaça pour la laisser passer avant de se tourner vers Alex.

— Vous faisiez quoi quand je suis arrivé ?

— Rien.

À l'évidence, il n'en croyait pas un mot.

— Il y a quelque chose que je devrais savoir ?

— Non, trancha Alex quittant la pièce. Mettons-nous au travail.

Maria assista à la réunion du lundi matin, celle où Brett et Alex calaient leurs rendez-vous de la semaine et se répartissaient les tâches. Ils discutèrent ensuite de l'avancée de leurs plus gros dossiers. Le nouvel hôtel n'était qu'un projet parmi d'autres, et elle se demanda comment ils parvenaient à gérer autant d'activités différentes avec seulement deux assistantes.

Ils étaient assis tous les trois autour de la table, Brett à côté d'elle, Alex juste en face. Elle essaya à plusieurs reprises de croiser son regard, mais il semblait avoir décidé de l'ignorer. Comment faisait-il ? Elle tremblait encore au souvenir de leur tête-à-tête. Elle avait l'impression de sentir ses mains sur elle et la force de son désir quand il s'était pressé contre elle…

Alex se leva.

— Bon, je pense qu'on a fait le tour, dit-il en rassemblant ses affaires. Je dois passer voir Jessica à la mairie. Elle vérifie les permis de construire pour Hedo.

— Pourquoi, il y a un problème ? demanda Brett.

— Je ne crois pas, non. Je ne vois pas ce qui pourrait bloquer. On suit la procédure habituelle.

Son téléphone bipa sur la table. Il regarda l'écran.

— C'est Alana. Elle veut qu'on se retrouve ce soir pour discuter de la déco. On organise un dîner de travail ? demanda-t-il à Brett sans regarder Maria.

Son associé secoua la tête.

— Ce soir, je ne peux pas. Rebecca reçoit des clients et elle veut que je sois présent.

— Je peux rester si vous voulez, proposa Maria, attirant sur elle l'attention de Brett et d'Alex.

Ils ne répondirent ni l'un ni l'autre, et elle essaya de ne pas rougir pour s'être mêlée de ce qui ne la regardait pas. Mais elle avait envie de faire partie de l'équipe, de se rendre utile. Et pas seulement de prendre des notes et d'aller chercher des cafés.

— Inutile, dit finalement Alex. Je m'en sortirai très bien avec Alana.

— Je vois, dit-elle à regret.

Elle n'aimait pas qu'il la tienne à l'écart, mais il lui avait avoué combien il lui serait difficile de travailler à ses côtés et elle ne pouvait pas se servir de cette confidence contre lui.

— Mais vous avez une charge de travail énorme et toutes les bonnes volontés sont les bienvenues, non ?

— Elle a raison, intervint Brett.

Il se tourna vers Alex.

— Maria me remplacera. Elle a un regard neuf et ce sera l'occasion pour elle de se familiariser avec le projet.

Alex serra les dents, visiblement mécontent. La tension dans la pièce était palpable, et elle priait pour que quelqu'un dise quelque chose quand Alex détourna les yeux.

— Très bien, lâcha-t-il en se tournant vers elle. Tu aimes les sushis ? On travaillera en mangeant.

— Ça me va très bien.

Il ferma son attaché-case.

— En ce cas c'est réglé. Sois là à 20 heures, lança-t-il en quittant la pièce d'un pas rapide.

5

Il était près de minuit quand la réunion de travail prit fin. Alex se leva et étira les muscles de son dos. Il lança un regard à Maria, admirant en lui-même sa conscience professionnelle. Pour un premier jour, elle avait tenu le choc de façon remarquable. Elle était aussi belle et fraîche qu'à son arrivée ce matin. Elle avait seulement dénoué son chignon, laissant sa magnifique chevelure cascader sur ses épaules. Chaque fois qu'elle la repoussait en arrière, il devait s'empêcher de tendre la main pour y enfouir les doigts.

— Alors, que penses-tu de ta première réunion de travail nocturne ? demanda Alana comme ils rassemblaient leurs affaires.

— J'ai appris plein de choses. C'est un projet formidable, je suis ravie d'y participer ! Il est tard, mais je crois que je ne vais pas pouvoir dormir de sitôt. Je suis surexcitée.

— Et si nous allions boire un verre en bas ? proposa Alana.

— En bas ?

— Au Paradis Terrestre.

— Je n'y suis jamais entrée.

Alana leva les sourcils.

— Vraiment ?

— On ne m'a jamais invitée, avoua Maria en riant. Rafa s'y opposerait.

Alana la dévisagea, incrédule.

— Raf ne veut pas que tu ailles dans son club ? Il est incroyable !

— Je suis sa petite sœur. Il se croit investi d'une mission de protection.

— Laisse-moi le plaisir de lui annoncer que je t'ai inscrite sur la liste des invités permanents ! lança Alana, les yeux pétillants d'amusement.

Alex les observa. Elles se connaissaient depuis des années, pourtant il avait l'impression qu'une amitié spontanée était en train de se tisser entre elles. En vingt-quatre heures, Maria avait réussi à s'intégrer à l'équipe. Elle avait trouvé sa place. S'il parvenait à se rappeler qu'elle n'était que cela – une employée de l'entreprise –, il pourrait peut-être oublier son attirance pour elle.

Elle se leva pour prendre son sac et le heurta involontairement… Ou pas. De toute façon, le résultat était le même. Il se crispa, électrisé par son contact. Oublier qu'il la désirait ? Impossible.

— Alors, on va le boire, ce verre ? demanda Alana comme ils quittaient ensemble la salle de réunion.

— J'en ai très envie, dit Maria.

Elles se tournèrent vers lui. Il descendait toujours prendre un verre après le travail pour se détendre et Alana le savait. Cela paraîtrait bizarre s'il refusait ce soir.

— Bien sûr. Allons-y, lança-t-il d'un ton faussement léger.

À l'instant où elle franchit la porte du Paradis Terrestre, Maria eut l'impression de pénétrer dans un autre monde. Les lumières tamisées répandaient un halo doré dans la salle. Il était minuit passé, un lundi soir, et pourtant il y avait un monde fou. Certains dansaient sur de la musique douce, étroitement enlacés, d'autres s'embrassaient dans les box capitonnés de velours alignés le long du mur sous le regard de strip-teaseurs presque nus qui évoluaient sur des plates-formes circulaires éclairées par des projecteurs verticaux.

Maria n'était pas prude, mais elle écarquilla les yeux en reconnaissant des visages célèbres non seulement à Las Vegas mais à l'échelle nationale. Leur présence dans un club libertin aurait pu faire la une des journaux à scandales. Mais personne ne semblait leur prêter attention.

— Par ici.

Alex lui toucha le bras et la guida vers un escalier menant à un balcon surélevé qui dominait la salle. Elle sentit sa peau se couvrir de chair de poule à son contact et ses orteils se crisper dans ses escarpins. C'était la première fois qu'il la touchait depuis ce matin dans la salle de pause, et elle n'avait pensé qu'à ça toute la journée.

— Joli point de vue, commenta-t-elle en prenant place à côté d'Alex. D'ici, vous pouvez contempler votre royaume.

— Oui, les anges et les démons, acquiesça Alana en faisant allusion au nom du club.

— Que se passe-t-il exactement dans ces soirées ? Si je dois travailler pour vous, autant que je sache à quoi m'en tenir.

Alana sourit.

— Nous permettons à des gens de se rencontrer et de lier connaissance, voire davantage, sans craindre d'être surpris par des paparazzis et de se retrouver en une de la presse à scandale.

Maria secoua la tête avec ironie.

— C'est le discours que vous récitez devant les médias. J'ai entendu des rumeurs autrement plus trash.

Une serveuse leur apporta leurs boissons. Maria surprit la façon dont elle déshabillait Alex du regard. Rien d'étonnant. Il aurait fallu être aveugle pour ne pas voir qu'il était l'homme le plus sexy de la soirée. Il captait l'attention et dégageait une autorité naturelle qui en imposait à tout le monde.

— Il n'y a aucun tabou ici, reprit Alana. Chacun est libre de faire ce qui lui plaît, du moment qu'il s'agit de relations entre adultes consentants, naturellement. C'est cette liberté qui permet aux clients d'explorer leurs fantasmes et de vivre une expérience inoubliable. Compte tenu du prix qu'ils paient pour obtenir leur carte de membres, nous mettons un point d'honneur à exaucer tous leurs souhaits.

Maria était au courant de la réputation sulfureuse du Paradis Terrestre. C'était un club libertin où le sexe régnait en maître. Mais, à moins d'être invité ou de débourser des sommes colossales pour obtenir le fameux sésame, il était impossible d'en franchir les portes.

Alex fixait sur elle un regard d'une telle intensité qu'elle faillit baisser les yeux mais n'en fit rien.

— Et comment faites-vous pour exaucer tous leurs souhaits ?

Il se pencha vers elle, si près que leurs lèvres se frôlèrent presque, et elle dut faire appel à toute sa volonté pour ne pas l'embrasser.

— Nous organisons des exhibitions ici même, presque toutes les nuits – des danseurs, des strip-teaseurs, des professionnels de l'érotisme-spectacle. Nous donnons également des soirées privées, comme la nuit des masques. Mais le succès du club vient surtout des prestations que nous réservons à nos clients privilégiés. Nous leur proposons des suites à des tarifs certes élevés mais assorties d'un service VIP sur mesure afin de répondre à chacune de leurs exigences. Et au sous-sol nous tenons à leur disposition des salles spéciales afin de satisfaire tous les goûts. Exhibitionnisme, voyeurisme, SM ou sexe collectif.

— Vraiment ?

Elle appuya son menton dans sa main et lui sourit d'un air provocant.

— J'imagine que tu as testé toutes les salles ?

Il la regarda droit dans les yeux, et elle se demanda si Alana percevait la tension sexuelle qui crépitait entre eux.

— Naturellement.

— Une préférence ?

Il haussa les épaules.

— Il faut tout essayer au moins une fois dans sa vie.

Sa voix était douce, sexy, sombre et chaude comme le whisky.

Alana toussota. Elle les observait d'un air pensif. Apparemment, les vibrations électriques ne lui avaient pas échappé. Elle regarda sa montre et reposa son verre.

— Bon, il est vraiment tard, dit-elle en se levant. Maria, tu as fait du très bon boulot aujourd'hui. C'est super de t'avoir dans l'équipe.

— Merci. Je suis très enthousiaste à l'idée de me joindre à vous.

— Alex, on s'appelle demain matin ?

— Bien sûr. Comme d'habitude.

Ils la suivirent des yeux tandis qu'elle s'éloignait puis Maria se tourna vers Alex.

— J'ai passé une journée formidable. Je suis ravie de travailler avec vous tous.

Il sourit.

— Je reconnais que j'étais sceptique au début. Mais je suis content que Brett t'ait offert le poste. Tu es un véritable atout dans l'équipe.

Elle sentit ses joues s'enflammer et baissa les yeux sur son verre.

— Mais Alana a raison, poursuivit-il. Il est tard. Nous devrions partir.

Elle fronça les sourcils. Elle n'était pas fatiguée du tout. Il se leva, ne lui laissant pas d'autre choix que de l'imiter. Elle le suivit dans l'escalier puis dans la salle. Plus la nuit avançait, plus l'atmosphère devenait sensuelle. Une bouffée de chaleur lui monta au visage, et elle se demanda si elle aurait le droit de venir s'amuser comme n'importe quelle cliente ou si Alana allait l'ajouter à la liste des invités permanents uniquement dans un cadre professionnel. Alex avait testé toutes les activités proposées au sous-sol, et cette pensée enflammait son désir. Elle s'immobilisa et prit plusieurs respirations pour se calmer.

— Allons-y.

Alex se tourna vers elle d'un mouvement impatient. Il avait les joues colorées. Il avait l'air irrité, pressé de se débarrasser d'elle.

— Tu viens, oui ou non ?

— Il y a urgence ? demanda-t-elle.

— Il est tard.

— Oui, tu l'as déjà dit.

Elle sourit et enroula une mèche de cheveux autour de son doigt.

— Mais je ne suis pas fatiguée.

— Eh bien moi si !

Il serra les poings. Il était si tendu que sa chemise semblait proche d'exploser.

— Je ne te crois pas. Qu'est-ce qu'il y a ?

Elle avança d'un pas.

— Tu veux que je parte pour pouvoir te

mettre en quête d'une fille, c'est ça ? Qu'est-ce que tu cherches ? Une suceuse ? Une dominatrice ? Ou tu préfères une partouze ?

— Arrête.

Sa voix était basse, tranchante comme un rasoir, mais elle ne se laissa pas impressionner. Elle le provoquait exprès, pour le pousser dans ses retranchements. Elle jouait avec le feu sachant que s'il cédait, s'ils faisaient ce dont ils mouraient d'envie tous les deux, les flammes de la passion les consumeraient.

Elle avança encore. Ils étaient face à face, torse contre torse.

— Je ne pense qu'à toi depuis que nous nous sommes embrassés. Et j'en veux plus, dit-elle. Tu sens cette attirance qui nous pousse l'un vers l'autre, je le sais.

Il soupira.

— C'est vrai. Je te désire tellement que j'en ai mal.

Elle rit, un rire bref et léger qui le fit tressaillir.

— Alors où est le problème ? Je te désire aussi, au cas où tu ne l'aurais pas compris !

Elle se dressa sur la pointe des pieds, saisit son visage entre ses mains et amena sa bouche à un cheveu de la sienne. Il résista.

— Maria, arrête. Ne me tente pas, dit-il en attrapant ses mains pour les écarter.

— Pourquoi ?
— Tu es la sœur de mon meilleur ami.
— Et alors ?
— S'il apprend ce que j'ai fait…
— Il n'est pas là pour l'instant, non ? Comme tu l'as dit, personne ne dévoile ce qui se passe entre ces murs. Il ne saura rien. Et de toute façon ça ne le regarde pas. Ce ne sont pas ses affaires.

Alex ferma les yeux. Une expression résignée apparut sur son visage.

— D'accord, soupira-t-il.

Prenant sa main, il l'entraîna avec lui. Ils tournèrent dans un couloir puis s'arrêtèrent devant un petit bureau en bois installé sur un palier, entre deux escaliers. L'un montait, l'autre descendait.

— Une suite libre, André ?

L'homme assis derrière le bureau lui tendit un passe magnétique sans même regarder Maria. S'il reconnut la sœur de Rafael Martinez, il n'en montra rien.

— La numéro quatre.
— Merci.

Alex prit la clé et accompagna Maria dans l'escalier qui montait.

Des dizaines de questions lui brûlaient les lèvres mais elle n'en posa aucune, de peur de briser le charme et de réveiller ses doutes. Il s'arrêta devant une porte et utilisa la carte magnétique pour la déverrouiller.

L'éclairage se déclencha tout seul, et une lumière douce, feutrée, semblable à celle des bougies baigna la pièce. Maria regarda autour d'elle. La suite était petite mais confortable. À droite la chambre avec une armoire et un lit extra-large équipé de deux tables de nuit. Au fond, elle devina une salle de bains derrière une porte entrouverte avec une douche cabine. À gauche, le coin salon avec cheminée, tapis épais, canapé et fauteuil en cuir noir, minibar.

Ils restèrent face à face au milieu de la pièce, muets l'un et l'autre. Ils ne se touchaient pas, ils ne parlaient pas, mais Maria connaissait Alex depuis des années et, à la façon dont il ouvrait et serrait les poings, elle devinait qu'il prenait sur lui pour se contrôler. Avec un frisson, elle réalisa qu'avant la fin de la nuit son corps couvert de tatouages n'aurait plus de secret pour elle. Elle allait voir à l'œuvre cette puissance brute qu'il cachait sous ses élégants costumes à mille dollars. Elle sentait son désir vibrer dans la pièce. Il était raide, contacté, mais elle voulait tout de lui, même sa colère.

Il lâcha un soupir et se tourna vers le minibar d'un mouvement brusque.

— Tu veux boire quelque chose ? demanda-t-il d'une voix dure.

— Avec plaisir.

Il lui servit du vin et une dose de bourbon pour lui. Leurs doigts s'effleurèrent quand il lui tendit son verre.

Il vida le sien d'une gorgée et prit une longue respiration tout en la toisant de la tête aux pieds.

— Qu'est-ce que je vais faire de toi, Maria ?

Elle s'assit au pied du lit et posa la main sur la couverture immaculée.

— Ce que tu veux. Tu as carte blanche.

Il se servit un autre bourbon sans répondre, et elle eut le sentiment d'avoir remporté une victoire quand il vint s'asseoir à côté d'elle sur le lit.

Elle se rapprocha jusqu'à ce que leurs cuisses se touchent.

— Je ne suis plus une enfant. Je suis une femme avec un corps de femme et des désirs de femme. Et j'ai envie de toi. Pourquoi devrais-je me sentir coupable ?

— Je ne t'ai jamais vue avec un petit ami. Je n'imaginais pas te poser la question un jour, mais… Est-ce que tu es vierge ?

— Non.

Elle était surprise, même si d'une certaine façon il était logique qu'il s'interroge.

— J'ai sauté le pas il y a longtemps.

Elle posa la main sur sa cuisse et sentit le muscle dur se contracter à son contact.

— J'ai fait toute ma scolarité dans un lycée non mixte, grâce à maman et papa, mais cela ne signifie pas que je n'ai pas eu l'occasion de fréquenter des garçons… et des filles.

Il la dévisagea avec étonnement.

— Des filles ?

— Je suis une femme du XXIe siècle. J'ai le droit de sortir avec qui je veux.

Elle porta son verre à ses lèvres, attendant sa réaction. Elle retint son souffle quand il posa la main sur son genou. Il hésita, et elle examina les lettres tatouées sur les quatre jointures. Elles formaient le mot *play* – par opposition à sa main gauche où était tatoué de la même façon le mot *work*. Il remonta lentement le long de sa cuisse, franchit la lisière de sa jupe.

— Bon sang, soupira-t-il d'un ton résigné. On ne devrait pas faire ça.

— Pourquoi ? Nous sommes des adultes et nous savons ce que nous voulons. Pourquoi ne pas laisser les choses arriver ?

— Et si Rafael l'apprend ?

— Cesse d'y penser. Il n'a pas besoin de le savoir, chuchota-t-elle en écartant les jambes, s'ouvrant à lui, autorisant sa main à s'aventurer plus haut.

Il continua son exploration. Elle était si tendue de désir qu'un cri lui échappa quand il toucha la dentelle de sa culotte. Elle respira plus vite tandis qu'il caressait sa fente humide à travers le tissu. Levant les yeux, elle vit qu'il la regardait. Il cherchait son accord parce qu'ils savaient l'un comme l'autre que s'il allait plus loin il n'y aurait plus de retour en arrière possible. Il ne serait plus jamais Alex Fischer, le meilleur ami de son frère, l'un de ses nouveaux patrons. Il serait son amant, au moins l'espace d'une nuit. Elle connaîtrait intimement son corps et lui le sien.

Elle avait conscience du combat qui se livrait en lui. Elle ressentait la même chose. Toutes ces années passées à le désirer en secret allaient enfin trouver leur assouvissement. Mais elle ne bougeait pas, de peur de libérer Alex du charme qui l'enchaînait à elle en cet instant. Elle voulait seulement qu'il continue. Cette attente la tuait.

Il serrait toujours son verre dans son autre main. Il le porta à ses lèvres, le vida et le laissa tomber sur le tapis.

— Et merde, gronda-t-il en la saisissant aux épaules.

Il la renversa sur le lit. Et, avant qu'elle ait pu

dire quoi que ce soit, il écrasa sa bouche sur la sienne. Il s'inclina sur son corps abandonné et elle noua ses jambes autour de ses hanches avant de l'attirer plus près. Elle sentait son sexe dur contre sa hanche et trembla d'impatience de l'accueillir enfin en elle.

Il lui mordilla la lèvre inférieure avant de semer des baisers sur sa joue et le long de son cou. Elle lâcha son verre qui tomba sur le tapis avec un bruit sourd. L'espace d'une seconde, elle pensa au vin qui allait tacher le tapis, puis elle enfouit ses doigts dans ses cheveux couleur sable et elle oublia tout ce qui l'entourait pendant qu'il léchait, mordillait, goûtait sa peau nue au fur et à mesure qu'il déboutonnait son chemisier. Il l'ouvrit complètement, exposant son buste, puis il s'agenouilla sur le sol, au pied du lit. D'une traction, il la tira à lui et glissa les mains sous sa jupe. Glissant les doigts sous les liens de son string, il le fit descendre le long de ses cuisses. Elle l'aida en soulevant les hanches, et il en profita pour baisser la fermeture Éclair de sa jupe. Elle se retrouva nue jusqu'à la taille devant lui et sut exactement à quel moment son tatouage capta son attention.

Il sourit et leva les yeux vers elle avant d'incliner sa tête vers sa hanche et de suivre les lettres du mot avec sa langue. Elle retint son souffle tandis qu'il levait de nouveau les yeux vers elle et s'esclaffait.

— « Problèmes » ?

Il leva les sourcils en murmurant le mot gravé à l'encre sur son corps.

Elle haussa les épaules.

— Ça remonte au lycée. J'étais une fille très sage mais qui aimait bien emprunter des chemins défendus. Ça m'a semblé approprié à l'époque.

— Je pense que c'est approprié maintenant. Tu es un problème vivant. C'est écrit partout sur toi.

Il lui enleva son string et le laissa tomber sur le sol.

— Tu as d'autres secrets ? Ou bien dois-je continuer à chercher ?

— J'ai encore quelques cartes dans ma manche. Mais pas d'autres tatouages, non. Cela dit, tu peux continuer à m'explorer pour vérifier par toi-même.

— Défi accepté. Mais d'abord, finissons de te déshabiller.

Il se redressa, toujours agenouillé devant elle, et elle s'assit face à lui. Il était si grand qu'ils étaient de la même hauteur. Il triompha sans difficulté de l'agrafe de son soutien-gorge dans son dos et baissa doucement les bretelles sur ses épaules avant de l'enlever, ses seins libérés tombant au creux de ses paumes avides. Il les pressa, les prit en coupe, et elle se cambra de désir.

— Alex…

Il était toujours habillé. Elle voulait sentir son corps dur et chaud. Elle tendit les mains vers lui, mais il refusa son contact.

— Pas encore.

Il la dévora du regard puis lui écarta les jambes et les drapa sur ses épaules avant se presser sa bouche sur son sexe. Il appuya davantage, écartant ses lèvres intimes et la lécha, électrisant toutes ses terminaisons nerveuses. Elle prit une respiration saccadée et se renversa en arrière, savourant le tourment délicieux que sa bouche lui infligeait. Il gémit, et la vibration se répandit dans tout son corps, décuplant la sensation. Le désir la consuma tandis qu'il utilisait tour à tour ses doigts, ses lèvres, sa langue pour l'explorer. Elle agrippa ses cheveux en criant, l'attirant plus près. Elle ne relâcha pas la pression avant de commencer à sentir une boule de chaleur se former en elle.

La vague incandescente gagna peu à peu tout son corps. Ses cuisses tremblèrent et ses orteils se contractèrent. Elle se souleva contre sa bouche et jouit avec un cri, prenant tout ce qu'il lui offrait, les doigts crispés dans ses cheveux. Elle aurait voulu que cela ne s'arrête jamais.

Quand elle retomba en arrière, il se redressa et s'allongea sur elle tout en parsemant de baisers son ventre, ses hanches, ses seins, sa gorge, prenant sa bouche avec passion, taquinant sa langue, l'entraînant dans une danse sensuelle. Jamais on ne l'avait embrassée de cette façon. Elle avait l'impression qu'il lui volait son âme.

Les notes chaudes du bourbon sur ses lèvres se mélangeaient à sa propre saveur intime et composaient un enivrant aphrodisiaque. Elle voulait être ivre de lui. Mais cela ne lui suffisait pas. Elle jeta ses bras autour de son cou, mais il s'arracha à son étreinte et la contempla longuement. De quoi devait-elle avoir l'air, jambes écartées, pantelante du désir qu'elle avait de lui, les cheveux emmêlés, son maquillage brouillé ?

— Dieu, Maria, chuchota-t-il d'une voix rauque. Tu es incroyablement belle quand tu jouis.

Elle tendit la main vers lui, glissant un doigt sous la ceinture de son pantalon, l'attirant impatiemment à elle.

— Tu n'as encore rien vu, lui dit-elle en caressant son sexe à travers son pantalon.

Il lui captura les mains pour les tenir à

distance. Ses sourcils froncés et son regard troublé trahissaient ses doutes et son déchirement.

— Alex, l'implora-t-elle. S'il te plaît…

— Et puis merde, marmonna-t-il. Quitte à aller en enfer, autant profiter du voyage !

Pour l'heure ce n'était pas l'enfer mais le paradis. Il avait encore la saveur intime de Maria sur les lèvres et il ne pouvait pas attendre une seconde de plus avant de la posséder. Il l'embrassa, une main sous sa nuque pendant que de l'autre il dégrafait sa ceinture et baissait son pantalon. Son sexe libéré se dressa, énorme, brûlant, et il le pressa contre son clitoris. Elle était offerte, tout à lui quand il recula.

— Bon sang, souffla-t-il d'une voix rauque.

Chaque mouvement était une torture. Le désir lui broyait le torse et il avait du mal à respirer.

— Qu'est-ce qu'il y a ?

— Il me faut un préservatif.

Il avait failli oublier sa règle numéro un : toujours utiliser une protection. Il avait une vie sexuelle saine. Il se faisait contrôler régulièrement, mais il était hors de question qu'il prenne Maria sans la protéger.

Il se dirigea vers l'armoire où ils rangeaient

toutes sortes de gadgets sexuels à usage unique pour les clients – des liens, des menottes, des godemichés dans leur emballage d'origine, tout un choix d'huiles de massage et de lubrifiants ainsi qu'un panier rempli d'un assortiment de préservatifs. Il en préleva une poignée et retourna vers Maria.

Elle en prit un et fit asseoir Alex sur le lit avant de s'agenouiller à ses pieds. Elle déchira le sachet et, avec une lenteur torturante, déroula le latex sur son sexe bandé. Il serra les dents et s'obligea à la regarder le couvrir. Il ne savait pas pourquoi il avait attendu aussi longtemps pour la faire sienne. Les mains de Maria sur lui étaient naturelles.

Elle se redressa, s'installa à califourchon au-dessus de lui puis, guidant son sexe à l'aide de ses deux mains, elle se laissa glisser lentement sur lui jusqu'à ce qu'elle soit assise sur ses genoux. C'était une sensation si intense qu'il faillit jouir dans la seconde. Elle était chaude, étroite, et il n'avait jamais rien ressenti de comparable.

Agrippant ses épaules, elle se redressa en contractant les muscles de ses cuisses puis se laissa descendre de nouveau sur lui. Il souleva les hanches, épousant ses mouvements, conscient qu'il n'allait pas pouvoir résister très longtemps. Il bloqua sa respiration pour essayer de tenir et faufila sa main entre eux, cherchant son clitoris. Il le titilla avec son pouce jusqu'à ce qu'elle crie et se contracte autour de lui. Il attendit que ses spasmes s'apaisent avant de se laisser aller à son tour. Rejetant la tête en arrière, il ferma les yeux en jouissant.

Ensuite il l'embrassa puis se dégagea et s'éloigna pour retirer le préservatif. Comme il se rhabillait, il sourit en la voyant se lever, nue et magnifique, et se diriger vers la salle de bains. Il venait d'avoir l'un des orgasmes les plus fabuleux de sa vie, mais il fut stupéfait de voir son sexe se dresser à nouveau de désir.

Il exhala un long soupir. Il avait franchi la ligne interdite. *Franchi* ? Il avait plutôt sauté allègrement par-dessus ! Rafael était un frère pour lui, et il devait tout, absolument tout à la famille Martinez. Et voilà comment il les remerciait. En baisant avec leur fille ! Bien sûr, ils étaient adultes, ils avaient le droit de vivre leur vie sans rendre de comptes à qui que ce soit. Mais il ressentait un malaise. Comme si ce qu'ils venaient de faire était sale, honteux. Il entendit le bruit de la chasse d'eau puis l'eau coula dans le lavabo, et Maria revint vers lui. Le temps qu'elle traverse la chambre, il bandait de nouveau. Il exhala un long soupir. Non, il n'y avait rien de sale ou de honteux dans ce qu'ils avaient fait.

Elle fronça les sourcils en le voyant tout habillé.

— Tu t'en vas ?

En guise de réponse, il la prit par la main et la ramena vers le lit. Il l'embrassa et la laissa le déshabiller.

Ils étaient nus tous les deux, peau contre peau, et il roula sur elle. Il l'embrassa tout en la caressant – ses épaules, son dos, ses fesses magnifiques, ses seins, s'arrêtant pour pincer ses mamelons, lui tirant un soupir extatique. Il lui en coûta de la lâcher pour attraper un autre préservatif. Il le déroula et la pénétra de nouveau. Cette fois, ce fut plus lent mais pas moins passionné. Malgré les battements fous de son cœur, il garda un rythme paresseux, prenant son temps, observant ses réactions et la façon dont elle l'enserrait dans sa chaleur. Elle agrippa sa nuque plus fort et sa respiration s'accéléra. Il connaissait déjà les signaux. Elle balbutia quelque chose en espagnol qu'il ne comprit pas, enfonça ses ongles dans ses épaules et se contracta autour de lui dans un crescendo merveilleux. Il lâcha prise à son tour et atteignit l'orgasme en même temps qu'elle.

Ensuite, il l'attira dans ses bras pendant qu'ils cherchaient tous les deux à reprendre leur souffle, laissant leurs cœurs retrouver un rythme apaisé. Maria lovée contre lui, il repoussa momentanément tous ses doutes. Il n'y avait rien de mal à la serrer contre lui. Il n'y a rien de mal à ce qu'elle soit à lui. Il voulait y croire.

6

Maria se dirigea d'un bon pas vers la tour BH. Elle avait les yeux cernés, mais sa nuit avec Alex lui avait donné un regain d'énergie. Après avoir fait l'amour par deux fois, ils s'étaient rhabillés en silence. Qu'auraient-ils pu dire ? Ils avaient brûlé toute leur énergie, évacué leur tension sexuelle, il n'y avait rien à ajouter. Bien sûr, ils devraient parler de ce qui s'était passé, mais pas ce soir. Alex l'avait donc raccompagnée à sa voiture puis il lui avait souhaité bonne nuit en lui effleurant le bras d'une brève caresse au lieu du baiser dont elle rêvait.

Elle s'était réveillée ce matin fatiguée mais souriante. Elle savait d'où lui venaient ses courbatures.

Elle franchit la porte de l'immeuble et aperçut Brett et Alex qui attendaient l'ascenseur.

— Salut, Maria.

Brett l'accueillit d'un sourire. Il était d'attaque

dès le matin, contrairement à elle. Alex ne se retourna pas, et elle sentit sa crispation quand elle se rapprocha.

— Bonjour, dit-elle en essayant de ne pas bâiller.

Il évita son regard et hocha la tête d'un mouvement imperceptible.

Les portes de l'ascenseur s'ouvrirent devant eux.

— Lequel de vous deux me parle d'hier soir ? demanda Brett en entrant avec eux dans la cabine.

Maria jeta un regard paniqué à Alex.

— J'ai mis le compte rendu sur le *cloud*, répondit-il tranquillement. Tu n'es pas allé voir ?

Ses jambes flageolèrent de soulagement. Quelle idiote elle faisait ! Brett parlait de la réunion de travail, évidemment.

— Pas encore, non.

Il se tourna vers Maria.

— Je veux un topo complet dans une heure.

— Entendu.

L'ascenseur s'arrêta au dernier étage, et ils descendirent tous les trois.

— Viens dans mon bureau dans cinq minutes, dit Brett en s'éloignant dans le couloir. J'ai du courrier à te dicter.

— Très bien.

— Maria, je peux te voir un instant ? intervint Alex.

Il l'entraîna dans son bureau sans lui laisser le temps de répondre et referma la porte derrière eux.

— Tu veux qu'on parle d'hier ? devina-t-elle.

— Oui, acquiesça-t-il d'un ton âpre.

— Je t'écoute.

Il plongea son regard dans le sien, et elle réalisa tout à coup qu'il avait une mine affreuse. Il avait les yeux rougis, il ne s'était pas rasé… mais il restait incroyablement séduisant.

— Je ne sais pas par où commencer, soupira-t-il. Tout ce dont je suis sûr, c'est que ça n'aurait jamais dû arriver.

Elle lui lança un regard interrogateur.

— Parce que ?

— Maria, je ne plaisantais pas quand j'ai dit que le seul fait de te toucher était une trahison vis-à-vis de Rafael et de ta famille. J'ai réfléchi toute la nuit et la seule explication que j'ai pu trouver à ce qui s'est passé, c'est que nous avons perdu la tête. Je travaille beaucoup, tu venais de prendre ton poste, nous étions fatigués tous les deux… Nous nous sommes laissé emporter.

Il prit une respiration.

— Cela ne se reproduira plus.

Elle n'en croyait rien. La façon dont il la

regardait – comme s'il voulait lui arracher ses vêtements et la prendre là, tout de suite – lui criait tout le contraire.

— Tu sais, il faut que tu arrêtes avec cette histoire de trahison. Je fais ce que je veux de ma vie. Rafa ne serait sûrement pas ravi s'il apprenait ce qui s'est passé, c'est vrai, et alors ? Nous n'avons pas de comptes à lui rendre.

— Peut-être.

Sa voix était un murmure. Il serra les mâchoires.

— Mais quoi qu'il en soit c'est terminé.

— Dommage, dit-elle en haussant les épaules comme si elle n'attachait pas plus d'importance que ça à sa décision. Nous aurions pu prendre du bon temps, toi et moi.

Elle pivota vers la porte, s'arrêta et le regarda par-dessus son épaule.

— J'espère que je pourrai partir plus tôt, ce soir. J'ai un rendez-vous.

Elle faillit rire en voyant la façon dont Alex sursauta.

— Avec qui ?

— Un garçon que j'ai connu quand j'étais en mission humanitaire à Haïti. Il vient de m'envoyer un texto. Il m'invite à dîner.

En réalité, le texto remontait à deux jours et leur dîner serait purement amical. Mais l'occasion était trop belle pour ne pas titiller Alex.

Il fronça les sourcils.

— Il t'a invitée par texto ?

— Oui.

— Très romantique, marmonna-t-il entre ses dents.

Elle réprima le rire qui pétillait dans sa gorge.

— Où est le problème ?

— Qu'est-ce qu'il t'a écrit ? J'ai envie de te sauter, tu préfères qu'on dîne d'abord ?

Cette fois, elle éclata de rire.

— Oh mon Dieu, tu es jaloux !

— Moi, jaloux ? répéta-t-il avec dédain. De qui ? D'un gamin boutonneux ? Sûrement pas !

Elle rit de plus belle.

— Qui te dit qu'il est boutonneux ? C'est un garçon adorable.

— Évidemment. Les hommes sont toujours adorables quand ils donnent rendez-vous à une femme dans ton genre.

— Une femme dans mon genre ? C'est-à-dire ?

— Une fille trop confiante qui ne voit même pas qu'il a une idée derrière la tête. Il le sait et il a bien l'intention d'en profiter.

— Ah oui ? C'est comme ça que tu me vois ?

Elle releva le menton avec défi.

— Je croyais que j'étais un *problème vivant ?*

— Oh ! tu l'es, acquiesça-t-il. Mais il m'a fallu des années pour le comprendre. Ce type n'a aucune idée de ce qui l'attend.

Alex *était* jaloux. Elle pivota vers la porte, ravie. Elle avait réussi à se planter dans son cœur comme une petite écharde. Restait à trouver le moyen d'y rester.

7

Alex jeta un coup d'œil à sa montre. 19 heures passées. Il travaillait non-stop depuis ce matin et une migraine lui enserrait les tempes. Il posa son stylo et se frotta les paupières. Les chiffres se dédoublaient devant ses yeux, signe qu'il était temps d'arrêter. Le rythme incessant, le manque de sommeil et l'abus de café avaient finalement eu raison de sa résistance.

Il avait été à cran toute la semaine. Pour éviter de croiser Maria, il était resté enfermé dans son bureau et avait donné ses rendez-vous à l'extérieur. Il s'était démené comme un acharné et maintenant il était épuisé.

Il avait besoin d'un verre, d'un cigare et d'une femme. Peu de temps encore auparavant, il serait descendu au club, il en aurait cherché une – ou deux – avec qui passer la soirée et il aurait dénoué ses tensions en bonne compagnie. Mais, depuis sa nuit avec Maria, les autres femmes ne l'attiraient plus. Il aurait voulu pouvoir accuser le surmenage mais à quoi bon se mentir ? La seule responsable c'était Maria. Il ne pensait plus qu'à elle.

Avait-elle revu le garçon avec qui elle était sortie ? Toute la semaine, il s'était torturé en l'imaginant dans les bras de cet inconnu, l'embrassant, l'invitant dans son lit…

Il serra les poings. Il devait laisser Maria sortir de sa vie. Elle méritait de rencontrer quelqu'un de bien, un homme digne d'elle. Ce *garçon adorable* était peut-être celui qu'il lui fallait. Pas lui.

Mais il avait beau se le répéter, la pensée qu'un autre homme pose les mains sur elle le rendait malade.

Pour éviter de devenir fou, il se replongea dans ses dossiers. Le travail avait toujours été pour lui une planche de salut. Le seul moyen d'oublier ses démons et de chasser les traumatismes du passé.

Il parcourut ses mails, découvrit plusieurs messages qui appelaient une réponse. Cela pouvait attendre jusqu'à lundi mais autant s'en débarrasser maintenant. Il pianotait sur son clavier quand son téléphone portable sonna. Il faillit ne pas répondre mais reconnut le numéro : c'était le service de l'urbanisme, à la mairie.

— Fischer, dit-il en guise de bonjour tout

en appuyant sur la touche haut-parleur pour garder les mains libres et continuer à répondre à ses mails.

— Salut, Alex. C'est Neil du bureau des permis de construire.

Il connaissait bien Neil. Il travaillait avec lui depuis des années. Mais il ne l'avait encore jamais appelé aussi tard. Il vérifia l'heure sur l'écran de son ordinateur.

— Salut, Neil. Je suppose que si tu m'appelles un vendredi soir après 19 heures, c'est qu'il y a un problème.

— Exact.

Alex cessa de taper sur son clavier.

— Je t'écoute ?

— La demande de permis pour votre hôtel a été rejetée.

— Quoi ? Jessica – je veux dire madame le maire – nous a assuré qu'il n'y aurait aucun souci du moment que les documents étaient en règle !

— C'était vrai. En théorie. Mais certains membres du conseil municipal ont mis leur véto. Ils la soupçonnent de favoriser son fiancé et ses amis.

— C'est ridicule ! Jessica est une femme intègre !

— Je sais. La plupart de ses collègues de la

mairie également. Mais certains estiment que ce projet pose un problème d'ordre moral et…

— Ce n'est qu'un hôtel, sacré bon sang !

— Oui, mais, après le scandale de l'an dernier, ils font courir le bruit que ce sera un genre de bordel déguisé. Et tu sais combien la loi est stricte dans ce comté.

Alex laissa échapper un soupir frustré.

— Tu as une solution à me proposer ?

— Prépare un nouveau dossier. Explique mieux ton projet, fais un peu de pédagogie pour rassurer les gens. Mets la pression sur le conseil communal, persuade les élus récalcitrants.

Alex ironisa.

— Je vois. Je vais devoir sortir les violons pour amadouer de vieux grincheux agrippés à leurs certitudes. Bienvenue au pays des hypocrites ! Les trois quarts du conseil municipal ont postulé pour obtenir une carte de membre dès que l'hôtel ouvrira ses portes !

Neil se mit à rire.

— En ce cas, ils ne devraient pas être très difficiles à convaincre. Ne t'inquiète pas trop. Ce n'est qu'un contretemps.

— Je déteste ce mot !

— Comme nous tous. Mais tu l'as dit, nous sommes vendredi soir, et il n'y a rien que tu puisses faire avant lundi.

— Je sais. Merci pour les infos, Neil.

— À ton service. Dînons ensemble un de ces quatre. Tu sais faire la fête comme personne.

Alex éclata de rire. La dernière fois qu'ils avaient dîné ensemble, ils avaient bu des coups, emballé des filles et jeté l'argent par les fenêtres.

— Promis. Fais-moi signe quand tu seras libre.

Il coupa la communication, et son sourire retomba instantanément. Il frappa du poing sur son bureau.

— Merde !

C'était un accroc mineur mais qui pouvait avoir de lourdes conséquences. Si on apprenait qu'ils avaient des difficultés à obtenir le permis de construire, les fournisseurs et les investisseurs risquaient de se retirer du projet. Le mal de tête qui battait à ses tempes était devenu un étau sous l'effet de la colère.

Il avait besoin de prendre l'air. Il ferait bien de suivre l'exemple de Brett et de raccourcir ses journées. Mais son associé avait une bonne raison de partir plus tôt du bureau : une femme magnifique l'attendait chez lui. Alex visualisa son propre appartement, désespérément vide, et perdit toute envie de rentrer chez lui. Brett et Rafael avaient tous les deux trouvé l'amour et, même s'il ne se privait pas de les taquiner à ce sujet, il les enviait. Pas d'être en couple, non. Il n'avait aucune envie de se marier et encore moins de fonder une famille. Il les enviait de vivre un amour vrai, inconditionnel. Lui-même n'avait jamais connu ça. Par chance, il était propriétaire d'un club libertin et de ce fait il n'était jamais en manque de partenaires pour une nuit.

Il savait comment surmonter sa frustration. Il connaissait la recette par cœur : alcool et sexe. Il prit son téléphone portable et se leva. Il allait faire un tour au Paradis, finalement, boire quelques verres, repérer une jolie fille ou deux et voir où cela le menait. Cette perspective ne réussit pas à dénouer sa tension. Une seule femme monopolisait ses pensées et c'était celle qu'il s'était juré de ne plus toucher. Bon Dieu, il voulait Maria !

Il ne cessait de repenser à la nuit qu'ils avaient passée ensemble. D'habitude, il tournait la page dès le lendemain, mais Maria le hantait. Il sentait constamment son parfum flotter autour de lui, il lui suffisait de fermer les yeux pour retrouver sa saveur sur sa langue. Il mourait d'envie de serrer son corps nu contre le sien, juste une dernière fois. Voilà pourquoi il était resté enfermé dans son bureau toute la semaine.

Hélas, impossible d'ignorer sa présence à

quelques mètres de lui. D'autant qu'il devait passer devant son bureau pour se rendre dans celui de Brett. Elle le suivait des yeux avec un petit sourire qu'il faisait mine de ne pas remarquer. Même s'il parvenait à ne pas croiser son regard, il respirait son parfum et ses notes florales le torturaient tout le reste de la journée.

— Merde, gronda-t-il, taraudé par le désir.

Il devait oublier Maria, remplacer ses souvenirs par ceux d'un autre corps chaud et passionné. Le Paradis Terrestre était sa planche de salut. Il envoya un texto à André, le responsable VIP, pour lui expliquer ce qu'il cherchait.

— Plus jamais, se répéta-t-il à lui-même tout en prenant l'ascenseur pour descendre au club.

Il était tôt, mais les clients commençaient déjà à arriver. Il salua quelques habitués puis descendit l'escalier qui menait au sous-sol. Les responsables de la zone VIP le saluèrent. Il passa avec indifférence devant les huit portes closes qui offraient à leur clientèle huppée tout un monde de plaisirs raffinés et de désirs secrets. Il se dirigea vers une pièce, située presque au bout du couloir.

Les lumières étaient tamisées et il y avait de la musique douce en fond sonore, entrecoupée de soupirs. Deux femmes étaient assises sur le lit circulaire, au centre de la pièce. Elles portaient un string pour tout vêtement et se caressaient mutuellement en attendant qu'il les rejoigne.

C'était des habituées du club. Alex les avait rencontrées plusieurs fois déjà et il s'était toujours bien amusé avec elles. Elles étaient belles, spirituelles, inventives, et tournèrent vers lui un regard brillant de convoitise. Il entra en essayant de se convaincre qu'il avait envie d'être là. Il s'était dit que tout s'enchaînerait naturellement une fois dans la place, mais il s'arrêta à mi-chemin du lit, incapable d'aller plus loin. Il avait changé. Maria l'avait changé.

Il échappa à leurs mains manucurées, recula.

— Désolé, mesdames. J'ai commis une erreur.

L'une des filles le dévisagea, incrédule. C'était la première fois qu'il lui disait non.

— Alex, tu es sérieux ?

— Oui. Je suis vraiment navré. Je suis plus fatigué que je le pensais. Mais je vous en prie, continuez. Amusez-vous et passez une agréable soirée. Si vous avez besoin de quoi que ce soit, adressez-vous à André, d'accord ? Il exaucera tous vos désirs.

Il recula, sortit rapidement et referma la porte.

André se matérialisa derrière lui.

— Un problème, monsieur Fischer ?

— Non, non, tout va bien. Merci, André. Je viens de me rappeler que j'étais attendu ailleurs.

Il savait exactement où il avait envie d'être – enfoui dans le corps chaud et doux de Maria. Ses mains tremblaient de désir, de confusion, de frustration. Il essaya de ne pas écouter le démon perché sur son épaule qui lui chuchotait de faire ce qu'il avait envie de faire et d'envoyer ses scrupules au diable.

Il reprit l'ascenseur pour aller récupérer ses affaires dans son bureau. Il allait se défouler à la salle de sport ou rentrer chez lui, boire quelques verres et s'abrutir devant la télé jusqu'à ce qu'il s'endorme. Il envoya un message à son chauffeur pour lui dire de l'attendre devant l'entrée. Mais, quand les portes de la cabine s'ouvrirent, il se trouva nez à nez avec Maria.

Ses angoisses et ses pensées noires s'apaisèrent à sa seule vue. Maria était une lumière dont il avait eu besoin sans même en avoir eu conscience.

— Alex, dit-elle, et il adora sa façon de prononcer son prénom.

— Maria.

Il essaya de s'exprimer d'un ton léger.

— Tu pars ?

— Oui. Je dois retrouver un ami.

— Encore un rendez-vous ?

— Peut-être. Pourquoi, ça t'intéresse ?

Sa voix était douce, mélodieuse, mais il savait qu'ils ressentaient tous les deux les ondes chargées de sensualité qui circulaient entre eux.

— On pourrait en douter vu la façon dont tu m'as évitée toute la semaine.

Il avait beau être épuisé, le désir qu'il avait d'elle l'électrisait. Ni le sport ni l'alcool ne parviendraient à éteindre la flamme qui couvait en lui. Tout son être réclamait Maria. Il regarda autour de lui pour vérifier qu'il n'y avait personne dans le couloir. Malgré tout ce qu'il s'était dit et répété, ce fut plus fort que lui.

— Je veux te voir, chuchota-t-il. Viens chez moi ce soir. J'ai à te parler.

— Et si mon rendez-vous se prolonge ? le défia-t-elle.

Il essaya de ne pas songer aux raisons pour lesquelles son rendez-vous pourrait se prolonger. Il en avait assez des petits jeux. À quoi bon continuer à se mentir ? Il voulait passer la nuit avec elle, quitte à brûler en enfer.

Il haussa les épaules avec un détachement étudié.

— Pas grave. Je t'attendrai.

— Oh ! je n'en doute pas.

8

Alex s'accouda à la rambarde de sa terrasse privée et tira une bouffée d'un excellent cigare cubain – cadeau d'un client. Il souffla un nuage de fumée, et l'odeur chaude et épicée du tabac l'apaisa instantanément. Son appartement se situait au trente-septième étage au-dessus de Las Vegas Boulevard, mais même à cette altitude il percevait les vibrations de la foule, de la musique, en contrebas, et il sentait l'énergie de ce quartier perpétuellement en activité monter jusqu'à lui.

Contrairement à de nombreux natifs de Las Vegas, il avait choisi d'acheter un appartement sur le Strip. Il aimait sentir le tourbillon fiévreux de l'un des lieux les plus chauds du monde. Avoir la possibilité de s'asseoir à une table de black jack et boire des verres tout en étant rentré à temps pour regarder le talk-show de Seth Meyers était l'idée qu'il se faisait de la perfection.

Il aimait le luxe. Les vins millésimés, les meilleurs cigares, les cafés subtils et les mets raffinés. Il travaillait douze heures par jour pour s'offrir ce qu'il avait de meilleur. Mais il n'oubliait pas pour autant d'où il venait. Ni ce qui l'avait conduit, seul et terrifié, à trouver refuge dans la famille de son meilleur ami avec pour tout bagage les vêtements qu'il portait sur lui.

Comme toujours, il chassa les images du passé pour se concentrer sur le présent. Il avait réussi sa vie professionnelle. Il s'était donné les moyens d'y parvenir, mais il avait également eu de la chance. Beaucoup de chance. La famille Martinez lui avait donné ce dont il avait le plus besoin : de l'affection et du soutien.

Il entendit l'interphone bourdonner pour lui signaler l'arrivée de Maria. Il avait demandé au concierge de la faire monter, quelle que soit l'heure. Les portes de l'ascenseur s'ouvrirent. Elle avait remplacé la robe bleu marine qu'elle portait au bureau par un jean étroit et un petit haut blanc à fines bretelles. Mais, même dans cette tenue simple et décontractée, elle était incroyablement classe et sexy.

Il l'attira à lui sans un mot. Ses lèvres s'ouvrirent sous les siennes, et il en profita pour investir sa bouche, la goûtant, l'explorant. Elle gémit et le repoussa, haletante.

— Je croyais que cela ne devait plus se reproduire ?

— J'étais un idiot, avoua-t-il d'une voix rauque.

Lâchant sa taille, il lui saisit les poignets, en porta un à ses lèvres et déposa un baiser à l'endroit où battait son pouls.

Il la désirait comme un fou, mais il réussit à brider son impatience. Il voulait la savourer, goûter chaque parcelle de son corps magnifique, dévorer chaque centimètre de sa peau douce et hâlée.

— Allons dans ma chambre.

Maria le suivit, le cœur battant. Ils avaient déjà couché ensemble, mais cette fois c'était différent. Ils restèrent immobiles devant son grand lit. Alex prit son visage entre ses mains et chercha ses lèvres. Au lieu d'être possessif, exigeant, il l'embrassa doucement, presque en hésitant, comme s'il lui demandait la permission.

Elle ouvrit les lèvres, lui offrant la réponse qu'il attendait. Leurs langues s'apprivoisèrent puis il devint plus autoritaire, et la passion l'enflamma. Il lui avait suffi d'une seconde pour qu'elle soit tout à lui.

Il tira sur son petit haut pour l'enlever et elle leva les bras pour lui faciliter la tâche. Puis il déboutonna son jean et le fit descendre jusqu'à ses chevilles, en même temps que son string. Prenant ses mains dans les siennes, il l'aida à les enjamber et l'emmena vers le lit pour qu'elle s'y étende.

Il la contempla pendant qu'elle gisait sur les draps, nue et offerte. Vulnérable. Elle n'avait pas honte de son corps, mais le regard brûlant d'Alex la fit frissonner. Elle esquissa un geste pour se cacher, mais il secoua la tête.

— Non, chuchota-t-il. Tu es belle. Ne te couvre jamais devant moi.

— Alors ne reste pas habillé. Viens.

Elle avait désespérément envie de sentir son corps sur le sien, mais il ne semblait pas pressé de la rejoindre.

Elle le regarda, fascinée, tandis qu'il déboutonnait sa chemise. Les tatouages sombres sur ses doigts, ses poignets et ses avant-bras musclés l'hypnotisaient. Il laissa tomber sa chemise sur le sol, dévoilant d'autres tatouages sur son torse et ses épaules. Elle s'humecta les lèvres. Ils avaient déjà fait l'amour, mais elle n'avait pas eu la chance de le voir se déshabiller lentement. Un mètre quatre-vingt-dix-huit de muscles durs et sexy.

Il baissa la fermeture Éclair de son pantalon et le fit glisser sur ses hanches. Il avait gardé son caleçon, et elle ne put s'empêcher de fixer le relief impressionnant qui tendait le tissu de son sous-vêtement de marque.

Il s'agenouilla devant elle sur le lit. Elle tendit la main pour lui enlever son boxer, mais il lui saisit le poignet pour l'en empêcher.

— Non.

Il avança entre ses jambes ouvertes.

— Ma résistance ne tient qu'à un fil. Elle cédera à la seconde où la barrière de mon boxer n'existera plus.

Son souffle s'accéléra.

— Je ne demande que ça.

Il gémit.

— Bébé, je veux te faire l'amour toute la nuit. Il est hors de question que ce soit terminé en deux minutes.

Il l'embrassa de nouveau tout en lui caressant les épaules, les seins. Elle geignit de plaisir quand il se pencha sur elle et captura l'un de ses mamelons dans sa bouche tout en titillant l'autre. Il alterna caresses et mordillements, excitant les petits bourgeons sensibles et gonflés. Chacune de ses morsures déclenchait un éclair de plaisir et attisait son désir. Elle enfouit ses doigts dans ses cheveux blonds, brûlante, impatiente. Elle voulait qu'il aille plus loin et en même temps elle se sentait incapable d'en endurer davantage.

Au moment où elle se disait qu'elle n'allait pas pouvoir tenir plus longtemps, il cessa de torturer la pointe de ses seins et descendit le long de son ventre, léchant au passage chaque parcelle de sa peau frissonnante. Il suivit de la langue les lettres de son tatouage, butinant sa hanche, la chatouillant, lui arrachant un petit rire presque incongru dans la tension sexuelle qui les reliait l'un à l'autre.

Souriant contre sa peau nue, il sema un chemin de baisers sur sa cuisse, puis sur son entrejambe avant de refermer sa bouche sur son sexe. Ses lèvres trouvèrent son clitoris et le léchèrent pendant qu'il insinuait deux doigts en elle. Il savait s'y prendre, mais cela ne lui suffisait pas. Soulevant les hanches, elle se pressa vers sa bouche, mais il posa la main sur son ventre pour l'obliger à se tenir tranquille.

Elle agrippa les draps et se cambra avec un cri tandis qu'un orgasme fulgurant la transperçait. Il s'allongea sur elle, un sourire satisfait aux lèvres.

— Tu es si sexy, chuchota-t-il contre sa

bouche. Je pourrais te regarder jouir jusqu'à la fin de mes jours et mourir heureux.

Elle gémit contre lui, respirant et goûtant sa propre saveur sur sa peau, mêlée à son odeur masculine enivrante. Elle n'avait pas besoin de répit, elle le désirait de nouveau et se pressa contre lui, frottant son sexe sensible contre la barre dure de son sexe. Elle tira sur le boxer et le fit descendre sur ses cuisses avant de l'attirer à elle. Leurs sexes se frottèrent l'un contre l'autre et sans la quitter il tendit le bras vers la table de nuit pour y prendre un préservatif. Il le déroula puis se débarrassa de son boxer et revint s'allonger sur elle.

Il la pénétra d'un coup de reins si puissant qu'elle en eut le souffle coupé. D'instinct, elle noua les jambes autour de ses hanches pendant qu'il commençait à aller et venir en elle, si loin qu'elle ne put retenir un cri. Elle était sur le point de connaître un autre orgasme dévastateur.

Il gémit contre son épaule, son souffle aussi brûlant que son corps. Leurs hanches et leurs corps se soudèrent, et elle jouit de nouveau. Elle sentit ses muscles internes se contracter autour de lui. Il s'immobilisa au-dessus d'elle et jouit à son tour avec un cri.

Quand les spasmes de leur plaisir s'espacèrent, il roula sur le côté et retira le préservatif avant de revenir vers elle.

— Maria, Maria, souffla-t-il comme une incantation. Tu es merveilleuse.

Elle se blottit plus étroitement contre lui et nicha sa tête contre son torse. Alex avait beau affirmer que leur relation était une erreur, elle n'était pas de cet avis. Elle était à sa place dans ses bras.

Elle s'endormit peu à peu tandis que les battements du cœur d'Alex ralentissaient progressivement et qu'il lui caressait doucement les cheveux.

9

Il faisait nuit quand Maria se réveilla. Elle tendit la main près d'elle et rencontra le vide. Elle était seule. Le drap était froid.

— Alex ?

Pas de réponse.

Elle se leva, enfila un T-shirt d'Alex et partit à sa recherche.

Une odeur de tabac filtrait de la porte-fenêtre ouverte sur la terrasse. Alex était allongé sur un transat, vêtu d'un simple pantalon de pyjama. Il fumait un cigare, un verre contenant deux doigts d'un liquide ambré à la main. Probablement ce bourbon hors d'âge qu'il affectionnait. Elle l'observa sans signaler sa présence, profitant de l'occasion qui lui était offerte de le surprendre dans un moment intime et paisible. Un sourire effleura ses lèvres. Alex version classique.

Elle aperçut l'humidificateur et la carafe sur une table, choisit un cigare, trancha l'extrémité d'une main experte et se servit un peu de bourbon. Puis elle le rejoignit dehors. Malgré la distance, on entendait la rumeur du Strip à leurs pieds.

— Tu as du feu ?

Il tourna la tête, visiblement surpris de la voir, mais il sourit quand elle rapprocha l'autre transat pour s'installer à côté de lui. Il leva un briquet en argent et en fit jaillir la flamme. Elle inclina son visage, le cigare aux lèvres et tira plusieurs bouffées pour l'allumer.

— Cigare et bourbon ? constata-t-il. Décidément tu es pleine de surprises.

Elle s'allongea sur son propre transat, rit et souffla un fin nuage de fumée.

— Tu n'imagines pas le nombre de fois où j'ai entendu cette phrase.

Il fit glisser son regard sur son corps, laissant une trace brûlante sur sa peau.

— Tu vas avoir froid dans cette tenue. Même si elle te va à la perfection.

— Je suis bien. Tu me tiendras chaud.

Il sourit et tira sur son cigare.

— Comment s'est passé ton rendez-vous ? demanda-t-il d'un ton faussement détaché en tapotant la cendre de son cigare sur un plateau.

Elle ne comprit pas tout de suite. De quel rendez-vous parlait-il ? Puis elle se rappela qu'elle avait bu quelques verres avec Nathan.

Ils avaient évoqué leurs amis communs, leur mission à Haïti. Rien de plus. Mais, même s'il l'avait emmenée faire un saut en parachute ou du rafting en Italie, il n'aurait pas pu rivaliser avec les heures qu'elle venait de vivre avec Alex.

— Très agréable. Mais c'est juste un ami. Il n'y a rien entre nous. Pas d'étincelle.

Contrairement à Alex. Les étincelles qui l'embrasaient dès qu'elle était avec lui étaient plus vives, plus explosives que tout ce qu'elle avait connu dans sa vie.

Elle tourna la tête vers lui en souriant.

— Tu étais jaloux, avoue.

— Non. Je ne vois pas comment je pourrais être jaloux d'un gamin qui doit probablement montrer sa carte d'identité pour pouvoir entrer dans une boîte de nuit.

— Je ne te crois pas.

Elle s'assit et pivota pour lui faire face.

— Je pense que tu étais jaloux.

Elle se pencha vers lui.

— Tu m'as imaginée avec lui ? Tu le voyais me toucher ? Me donner du plaisir, comme toi ?

Il se tourna vers elle d'un mouvement brusque.

— Je *sais* qu'aucun autre homme ne peut te donner du plaisir comme moi. Tu essaies seulement de me provoquer.

Elle s'allongea de nouveau, satisfaite d'avoir eu raison. Il était jaloux, et elle avait obtenu la réaction qu'elle voulait. Elle tapota la cendre de son cigare dans le plateau posé sur la table, entre eux.

— Et donc ? Tu voulais réellement me parler, ce soir ? Ou c'était juste une ruse pour m'attirer ici ? Je te préviens, si c'est pour me répéter ce que tu m'as dit la dernière fois que nous avons couché ensemble, ce n'est pas la peine.

Il ouvrit la bouche pour répondre, mais elle ne lui en laissa pas le temps :

— Je ne regrette rien de ce qui s'est passé entre nous. Et, après ce qui s'est passé ce soir, si tu prétends le contraire c'est que tu mens.

Il la regarda.

— Je ne le regrette pas. Je sais seulement que si Raf l'apprend il me tuera et il t'enverra au couvent.

Elle hocha la tête. Son frère était surprotecteur, têtu et incapable de se mêler de ses propres affaires quand il s'agissait de sa petite sœur.

Alex se tourna vers elle.

— J'ai essayé toute la semaine de ne pas penser à toi. J'ai fait tout ce qui était en mon pouvoir pour te chasser de mon esprit. Mais, à la seconde où je me suis retrouvé face à toi, tous mes efforts ont été anéantis. Je ne peux plus me passer de toi. Je veux te voir tous les jours. Mais tes parents, ta famille, n'approuveront pas notre relation. Je le sais. Et je ne peux pas les perdre. Ni eux ni Raf. Il est comme un frère pour moi.

— Mais pourquoi devrais-tu le perdre ?

— Parce que tu es sa sœur, répondit-il comme si c'était évident.

— C'est absurde. Rafa devrait se réjouir, au contraire, que son meilleur ami, un homme qu'il aime comme un frère, sorte avec sa sœur.

— Ce n'est pas aussi simple, murmura-t-il en avalant une gorgée de whisky. Tu sais très bien qu'il n'acceptera pas qu'un type comme moi pose la main sur toi. Je ne suis pas un ange. J'ai une âme sombre et torturée. Je ne suis pas fréquentable. Je ne devrais même pas te toucher ! Tu es belle, douce, généreuse, sexy. Si Rafael découvre ce que j'ai fait, il sera furieux. The Brotherhood volera en éclats et, avec les projets en cours et sa course pour les élections sénatoriales, je ne peux pas me permettre de créer une scission dans le groupe. Nous avons tous trop à y perdre.

— En ce cas, gardons notre relation secrète. Ce que nous faisons ne regarde personne.

— Je ne vais pas t'obliger à te cacher. Tu mérites de vivre ta vie au grand jour avec un homme qui sera fier d'avoir une femme comme toi à son bras.

— Ne t'inquiète pas pour moi. Laissons aux choses le temps de s'aplanir.

Elle se tourna vers lui, les yeux brillants.

— Et puis ça pourrait être amusant. Une liaison cachée. Tu ne trouves pas que c'est excitant ?

Il rit tout bas.

— Si.

Elle but une gorgée d'alcool et sentit son regard sur elle.

— Quoi ? demanda-t-elle.

— Je te connais depuis des années, mais finalement je m'aperçois que je ne sais rien de toi.

— Je suis la cadette d'une famille catholique pratiquante. On m'a répété toute mon enfance ce que je devais faire et ne pas faire pour être une jeune fille convenable, bonne à marier. J'ai envoyé promener tous ces beaux principes à l'adolescence et je ne l'ai jamais regretté. Je suis une femme libre.

— Je l'ignorais.

Elle esquissa un sourire malicieux.

— Pas si bête. Je ne me suis jamais fait prendre. C'est pour ça que j'ai demandé à partir en mission humanitaire à l'étranger. J'avais besoin de respirer loin de ma famille. Ils m'aiment, je le sais. Mais je suis une adulte et parfois ils m'étouffent avec tout leur amour.

— Ne t'en plains pas trop, murmura-t-il en se détournant pour regarder les lumières de la ville. Tout le monde n'a pas eu cette chance.

Maria se mordit la lèvre. Elle ne savait quasiment rien de ce qu'avait vécu Alex avant de venir vivre avec eux. Elle était petite à l'époque, mais elle se souvenait que ses parents chuchotaient quand ils en parlaient et qu'ils se taisaient devant elle. Elle s'était toujours demandé ce qui avait pu obliger un enfant à partir de chez lui, et elle eut honte subitement de s'être plainte de sa famille parce qu'elle était trop aimante.

— Excuse-moi. J'aurais mieux fait de me taire.

— Ne t'excuse pas. J'ai vécu avec tes parents, je sais qu'ils peuvent se montrer un peu trop protecteurs. Mais c'est parce qu'ils t'aiment. Ils voudraient pouvoir veiller sur toi vingt-quatre heures sur vingt-quatre. Ce n'est pas pour t'embêter.

— Non, mais c'est pesant à la longue. Si je n'avais pas déménagé, ils seraient en train de m'attendre en ce moment, prêts à me bombarder de questions du style : « Où étais-tu ? Avec qui ? Est-ce que tu sais l'heure qu'il est ? »

Elle imita le ton courroucé de sa mère puis soupira. Bien sûr, elle savait que c'était par amour. Mais elle n'avait plus douze ans.

Alex rit.

— J'ai connu ce genre d'interrogatoire quand j'habitais chez vous.

Un silence paisible tomba entre eux. Maria le regarda.

— Combien de temps as-tu gambergé ici pendant que je dormais ?

— Je ne sais pas. Pourquoi ? Tu veux rentrer ? Tu veux que j'appelle une voiture ?

— Non. À moins que tu veuilles que je m'en aille.

Elle retint son souffle, suspendue à sa réponse. Elle n'avait pas envie de partir, mais elle le ferait sans hésiter s'il le lui demandait.

Il sourit.

— Oh que non !

Elle éteignit son cigare dans le cendrier et s'invita dans son transat. Elle se blottit sur lui, les bras autour de son cou, les siens autour de sa taille. Sa peau était froide parce qu'il était resté longtemps dehors, et elle se pressa plus étroitement contre lui pour essayer de le réchauffer.

— On est bien.

Elle sentit son hochement de tête, et il déposa un baiser sur sa tempe, avec une telle douceur qu'elle frissonna.

Il resserra l'étreinte de ses bras.

— Tu as froid ? On peut rentrer.

— Non. On va se tenir chaud mutuellement.

Il fit glisser sa main le long de son dos jusqu'à ses fesses et les pressa doucement à travers le T-shirt.

— Je connais deux ou trois trucs très efficaces.

— Ah oui ? Montre.

Il la hissa à califourchon sur lui et posa les mains sur ses cuisses. Elle ne portait rien sous son T-shirt et il émit un murmure approbateur quand il s'en rendit compte. Il la caressa avec son pouce.

Fermant les yeux, elle se laissa basculer sur son torse. Il glissa un doigt en elle, et elle poussa un cri.

Il respirait aussi fort qu'elle quand il approcha sa bouche de son oreille.

— Je ne sais pas, bébé, tu me parais déjà très chaude.

10

— Où en est-on du permis de construire ? demanda Alana. La situation s'est débloquée ?

Alex poussa un soupir. Ils étaient tous réunis en salle de conférences ce lundi midi pour faire le point sur le projet Hedo.

— Toujours pas. J'ai passé la matinée au téléphone et j'ai monté un nouveau dossier. D'après Neil, c'est notre proximité avec Jessica qui pose problème. Ils la soupçonnent de favoritisme. Je n'aime pas la tournure que prend cette affaire. Je ne voudrais pas qu'elle ait des ennuis à cause de nous.

— J'en ai discuté avec Jessica, elle n'est pas inquiète, le rassura Alana. D'après elle, le blocage est le fait de deux vieux grincheux qui cherchent à lui nuire depuis son élection. Nous pouvons probablement les ramener à la raison.

— Le plus tôt sera le mieux. On ne peut pas commencer les travaux sans ce permis et on prend du retard. Pour l'instant, nos partenaires ne sont pas au courant de nos difficultés, heureusement !

— Ça ne durera pas, affirma Brett avec un soupir fataliste. Nous savons tous que les rumeurs, vraies ou fausses, se répandent à la vitesse de la lumière dans le milieu des affaires.

Alex regarda Maria, assise à l'autre bout de la table. Elle prenait silencieusement des notes depuis le début de la réunion. Aujourd'hui, elle portait un chemisier classique à col montant et il savait que c'était pour cacher les traces de suçons sur son cou. Il lui avait fait l'amour tout le week-end. Dans sa chambre, sur le canapé du salon, dans la cuisine, sous la douche, sur la terrasse…

Ils échangèrent un regard, le visage impassible. Ils étaient liés par le secret. Personne n'était au courant de leur liaison et il savait que ça l'excitait autant que lui. Un sourire fleurit sur ses lèvres, et ses yeux bruns rayonnèrent comme ce matin sous la douche quand elle l'avait pris dans sa bouche… Le désir lui noua le ventre.

Brett aborda un autre dossier, et Maria continua à prendre des notes sur sa tablette, visiblement concentrée. Sortant son téléphone, Alex lui envoya un texto.

Dès que cette réunion se termine, je m'enferme avec toi dans mon bureau et je m'occupe de toi. Tu es beaucoup trop habillée à mon goût.

Il sut à quel instant elle découvrit le message sur sa tablette. Elle cilla puis leva les yeux vers lui en souriant. Il sourit aussi et ramena son attention sur Brett. Son téléphone bourdonna dans sa poche lui annonçant l'arrivée d'un nouveau texto.

Pas tant que ça : je n'ai pas mis de culotte.

Il faillit s'étrangler et toussa pour se donner une contenance. Il essaya de fixer son attention sur le discours de Brett. En vain. Il voyait ses lèvres remuer mais n'entendait pas un seul mot. Il finit par reprendre son téléphone.

Tu l'auras cherché. Je vais te dévorer jusqu'à ce que tu défailles de plaisir

Elle pencha la tête sur le côté.

C'est tout ?

Non. Après je vais te baiser sur la moquette. Ensuite je vais te mettre à califourchon sur moi et je te lécherai les seins pendant que tu me chevaucheras.

Elle fit tomber son stylo, et pendant un moment il crut avoir remporté le match. Mais, quand l'écran de son téléphone s'alluma, il comprit qu'elle n'avait pas dit son dernier mot.

Et moi je vais te sucer jusqu'à ce que tu me supplies d'arrêter. Je serai sans pitié. Prépare-toi à souffrir !

Alex serra les dents pour ravaler un gémissement et répondit du tac au tac :

Personne ne me parle sur ce ton. Trouve un prétexte pour quitter la réunion, descends au club et demande l'une des suites.

Il savait qu'à midi la plupart des chambres seraient disponibles.

Une fois en bas, déshabille-toi, allonge-toi sur le lit et attends-moi

La réponse ne se fit pas attendre :

Mais tu es un vrai dictateur. Là, tout de suite ?

Immédiatement. Et annule tes projets pour ce soir : tu m'appartiens pour toute la nuit.

— Allô, Alex ? Tu es avec nous ?

Il leva la tête et se rendit compte que tout le monde le regardait.

— Quoi ? Oui, oui, bien sûr.

— En ce cas, je te rappelle que nous devons envoyer ton projet de déco aux architectes dans deux semaines.

— Je n'ai pas oublié.

— Le mieux serait de nous réunir ce soir pour en parler. On commande à manger et on bosse sur les premières ébauches.

Alex fronça les sourcils.

— Ce soir ? Je ne peux pas. J'ai un rendez-vous.

Brett plissa les yeux. Alex ne déclinait

jamais une réunion de travail pour convenance personnelle.

— Tu ne peux pas le repousser ?

Alex secoua la tête.

— Non. Désolé.

Ils se fixèrent dans les yeux pendant quelques secondes puis Brett haussa les épaules.

— Bon. On remet ça à demain, alors.

— Moi ça me va, déclara Alana en faisant défiler son agenda sur son portable avec un doigt.

Alex en fit autant de son côté. Il avait la main qui tremblait. Tout son corps brûlait de désir. Il regarda Maria, et elle se leva aussitôt.

— Excuse-moi, Brett. Je dois partir.

Elle lança un regard à Alex.

— J'ai un… une obligation à l'extérieur. J'ai oublié de vous en informer, je suis désolée.

— Ne t'inquiète pas, dit Alex en s'adossant à sa chaise le plus naturellement possible. Nous sommes peut-être des *dictateurs*, mais pas des esclavagistes.

— Mais oui, pas de problème, acquiesça Brett en regardant sa montre. La réunion est finie, de toute façon. Juste un mot avant que tu partes, Maria : tout est en ordre pour demain ?

— Oui. Les places d'avion sont réservées, les billets nous attendent à l'aéroport.

Alex avait complètement oublié ce détail. Maria et Brett partaient demain pour New York. Ils y resteraient toute la semaine. Comment allait-il vivre sans elle jusqu'à samedi ? Il n'en avait aucune idée, mais c'était une raison de plus pour que la nuit à venir soit exceptionnelle.

Maria quitta la salle de réunion, sans doute pour descendre au club et suivre ses instructions à la lettre. Il se leva à son tour, rassembla son téléphone et son ordinateur, et les rangea dans son sac. Il réussit à s'en aller sans que personne ne cherche à le retenir.

Il appelait l'ascenseur quand son téléphone sonna. Maria. Il répondit en souriant.

— Salut.

— Alex.

Elle était essoufflée comme si elle courait.

— Tout va bien ?

— Oui. Non. Je dois partir.

— Où ?

— Au centre d'action sociale. Il y a un problème avec un des enfants.

Tous les plans torrides d'Alex s'écroulèrent. Mais il savait combien son travail au centre comptait pour elle. Sa place était là-bas s'il y avait un souci.

— Je ne savais pas que tu continuais à travailler pour eux.

— Ce sont mes gamins. Et mes amies.

Il hocha la tête. Maria était une jeune femme magnifique, exceptionnelle.

— Je peux aider ?

— Non, je pense que ça va aller. Mais je vais probablement rester là-bas la journée et une partie de la nuit. Je suis désolée. Je voulais passer du temps avec toi avant de partir pour New York.

— Ne sois pas désolée. Va aider tes amis. On se verra samedi au barbecue de tes parents.

— D'accord. Je me ferai pardonner. Promis.

— Je saurai te le rappeler !

11

Alex se gara devant la maison où il avait passé son adolescence. Il y avait déjà un chapelet de voitures dans l'allée, signe qu'il était l'un des derniers à arriver au dîner hebdomadaire des Martinez. À cause du travail il ne venait pas toutes les semaines, mais il faisait en sorte d'être présent aux grandes réunions comme aujourd'hui. Avec un petit frisson d'excitation, il reconnut la petite voiture rouge garée à l'entrée. C'était celle de Maria. Elle lui avait manqué pendant son séjour à New York. Terriblement. Son cœur battait plus vite à l'idée de la revoir.

Il poussa la porte d'entrée et fut accueilli par un brouhaha ponctué de rires et de cris d'enfants. La maison était remplie de gens volubiles qui s'adoraient et exprimaient leur tendresse à coups de disputes et de grandes embrassades. Les femmes s'activaient dans la cuisine pendant que les hommes faisaient griller de la viande sur le barbecue.

— Alex ! s'écria Mme Martinez depuis la cuisine où elle supervisait les opérations. Je suis si contente de te voir. J'avais peur que tu ne puisses pas venir.

— Je n'aurais manqué ça pour rien au monde, dit-il en se penchant pour l'embrasser avec affection.

— Je sais que tu es très occupé, surtout avec ce projet d'hôtel que tu construis.

Rafael le rejoignit et lui tendit une bière glacée.

— Il y a des semaines que vous êtes invisibles, Maria et toi. Vous devez bosser comme des malades.

Alex regarda Maria à l'autre bout de la cuisine. Elle leva un sourcil amusé, et il passa d'un pied sur l'autre pour dissimuler un début d'érection. Ça devenait très gênant. Depuis qu'il sortait avec elle, il avait des réactions d'adolescent.

— On sort ? proposa Rafael en montrant la porte-fenêtre qui donnait sur la cour. J'ai à te parler.

— Oui, bien sûr.

Avait-il deviné pour sa sœur et lui ? L'attirait-il à l'extérieur pour l'assassiner sans témoins ? Au lieu de se joindre aux autres invités, Rafael l'emmena à l'écart, sur la terrasse en bois. Ils burent silencieusement leur bière, loin du bruit et de l'effervescence de la maison.

— Comment se passent les préparatifs du mariage ? demanda Alex au bout d'un moment.

— Aucune idée, répondit Rafael en riant. Jess et son ami Ben s'occupent de tout. Tout ce que j'aurai à faire, c'est arriver au bon moment au bon endroit.

— Finalement, c'est le plus important.

— Absolument.

Rafael marqua un temps.

— Je dois aussi choisir mon garçon d'honneur. Tu serais disponible ?

— Rafraîchis-moi la mémoire, c'est lui qui organise l'enterrement de vie de garçon du futur marié ?

— Entre autres, oui.

Alex sourit, touché que son meilleur ami ait pensé à lui pour le jour le plus important de sa vie. Il n'avait pas toujours approuvé sa relation avec Jessica, loin de là – d'autant qu'ils avaient commencé leur liaison en pleine campagne des municipales alors qu'ils étaient adversaires. Mais depuis il avait changé d'avis. Il voyait tous les jours les effets bénéfiques qu'elle avait sur lui.

— Alors, j'en suis.

— Merci. Tu comptes beaucoup pour moi.

Alex but une gorgée de bière pour avaler la boule qui venait de se loger dans sa gorge. Rafael avait confiance en lui. Ils étaient plus que des amis, des frères. Et comment le remerciait-il ? En couchant avec sa sœur et en lui faisant des choses qu'il ne pourrait jamais lui avouer. Comme si un fil invisible les reliait l'un à l'autre, il sentit la présence de Maria tout près d'eux et tourna la tête.

Il ne s'était pas trompé, elle était là, de l'autre côté de la porte-fenêtre. Elle simulait un combat de boxe avec l'un de ses petits-cousins. Il ne pouvait pas entendre son rire à travers la vitre, mais sa joie sautait aux yeux.

— Comment ça se passe au bureau avec Maria ? demanda Rafael en suivant son regard.

— Très bien, dit-il en essayant de garder un visage neutre. Elle s'est tout de suite intégrée à l'équipe. C'est une assistante précieuse.

— Je suis content que tu lui aies montré les ficelles du métier.

Des ficelles ? Tiens, pourquoi pas ? Cela pourrait être intéressant.

Rafael continuait à parler, mais il n'écoutait plus : il regardait Maria disparaître à l'intérieur de la maison.

— Tu ne la trouves pas différente depuis quelque temps ?

Alex se figea.

— Comment cela ?

— Elle a l'air ailleurs. Et elle n'est jamais disponible. Je sais que vous travaillez beaucoup, mais je me demande si elle ne voit pas quelqu'un.

— Tu penses qu'elle a une liaison ?

— Je n'en sais rien. Mais j'espère qu'elle n'est pas tombée sur un Casanova. Je suis à peu près sûr qu'elle n'a jamais connu d'homme.

Là, tu te trompes.

— Je n'aimerais pas qu'un salaud lui brise le cœur. Elle est si naïve, si idéaliste. Je ne veux pas qu'on abuse de sa crédulité.

Alex se mordit la lèvre. Comment réagirait-il s'il lui avouait que le salaud c'était lui ?

— Je suis sûr qu'elle sait se défendre. Elle est intelligente et perspicace. Peut-être plus que tu ne le penses.

La culpabilité lui serrait la gorge. Il n'avait jamais menti à Rafael ni à aucun autre de ses amis. Il ne pouvait pas continuer cette comédie. Il devait libérer sa conscience. Les mots lui montèrent spontanément aux lèvres :

— Raf, il faut que je te dise…

— Rafa ! cria l'une de ses tantes depuis la maison. Jessica est arrivée. Viens l'aider à décharger la voiture !

Un sourire illumina le visage de Rafael.

— J'arrive tout de suite !

Il se tourna vers Alex.

— Excuse-moi. On peut continuer la conversation plus tard ?

Alex hocha la tête, à la fois soulagé et frustré.

— Bien sûr.

— Tu me donnes un coup de main ?

— Avec plaisir.

La prochaine fois, se promit-il. Il n'avait jamais été lâche et il savait que sa relation avec Maria n'avait aucun avenir s'il n'était pas capable d'en parler à sa famille. Il devait dire la vérité à Rafael, quelles que soient les conséquences.

C'était la tradition dans la famille Martinez : le dîner terminé, les enfants partaient regarder un dessin animé dans l'une des chambres, les plus âgés se retiraient au salon et la génération intermédiaire se rassemblait dans la cour, autour d'un feu de camp. Très vite, la conversation porta sur la vie sentimentale d'Alex.

Dita, la sœur aînée de Maria, fut la première à lancer l'offensive :

— Alors, Alex, tu fréquentes quelqu'un de sérieux en ce moment ?

Maria l'observa pendant qu'il se retranchait derrière un rire désinvolte.

— Tu m'as déjà vu fréquenter quelqu'un de sérieux ?

— Il serait temps d'y penser, tu ne crois pas ? Pourquoi ne pas trouver une gentille fille comme l'a fait Rafa ?

— Depuis quand es-tu devenue le clone de ta mère ?

— Je crois me souvenir que Ma aussi a utilisé l'expression « gentille fille » avant que je rencontre Jess, confirma Rafael en passant un bras autour des épaules de sa fiancée.

Alex lança un regard à Maria. Elle s'amusait de voir sa famille le mettre sur le gril.

— C'est vrai, Alex. Pourquoi ne trouves-tu pas une gentille fille ? le taquina-t-elle.

Il sourit.

— Malheureusement, ma chère Maria, les filles gentilles ne veulent pas de moi. Je n'attire que celles qui ont le mot *problème* tatoué sur le corps, dit-il avec une ironie qu'elle fut seule à percevoir.

Il se leva, emportant sa cannette de bière vide.

— Je vais chercher une autre bière. Quelqu'un en veut ?

Plusieurs mains se dressèrent. Maria le rejoignit.

— Je vais t'aider.

— Si tu veux.

Il la dévora des yeux comme chaque fois qu'ils étaient ensemble. Et, comme chaque fois, le désir l'enflamma. Son regard était brûlant, son attention rivée sur elle. Se pouvait-il que sa famille ne sente pas cette connexion entre eux ? Ils continuaient leur conversation, cette fois autour des préparatifs de mariage de Rafa et Jessica.

Ils regagnèrent la maison et se rapprochèrent l'un de l'autre dès qu'ils surent qu'on ne pouvait plus les voir de l'extérieur. Alex posa la main sur sa hanche, elle leva les yeux vers lui en souriant et un message silencieux passa entre eux tandis qu'il lui caressait les fesses à travers le tissu de sa jupe.

Au lieu d'aller vers le réfrigérateur pour chercher la bière, elle tourna à droite en entrant dans la cuisine et poussa la porte du cellier. Attrapant Alex par sa chemise, elle le tira à l'intérieur.

Il claqua la porte derrière eux d'un coup de talon, la plaqua contre le mur et écrasa ses lèvres sous les siennes dans un baiser si passionné qu'ils gémirent tous les deux. Il referma les mains sur ses seins, les pressant à travers le fin tissu de son petit haut. Il baissa une bride, embrassa son épaule.

Elle le repoussa, une main sur son torse. Elle respirait vite, tout son corps tremblait.

— Saute les préliminaires. Si on doit le faire, il faut que ce soit tout de suite.

Ils devaient se montrer pragmatiques. Ils avaient très peu de temps avant que leur absence éveille les soupçons. Elle entendait les rires et le murmure des conversations de ses parents et de ses oncles et de ses tantes au salon. N'importe lequel d'entre eux pouvait entrer dans le cellier et les surprendre. C'était risqué, mais leur relation l'était tout autant.

— Exact, haleta-t-il.

Il l'empoigna par les hanches et la retourna brutalement face au mur. Retroussant sa jupe jusqu'à sa taille il descendit son string à mi-cuisses. Écartant ses jambes avec son pied, il insinua un doigt en elle. Elle était chaude, mouillée. Elle se poussa en gémissant contre sa main et, quand il glissa un deuxième doigt, elle se cambra contre lui. Il retira sa main et insinua ses doigts mouillés entre ses fesses, lubrifiant le petit anneau de muscles serrés. Quand il pressa l'ouverture avec son pouce, elle agrippa l'étagère devant elle. Il sortit un préservatif de la poche arrière de son pantalon, l'enfila rapidement. Puis il se positionna et entra en elle sans effort.

— Putain, tu es chaude, bandante.

Elle aimait les accents sombres de sa voix, elle aimait qu'il jure et qu'il utilise des mots crus.

Il se retira puis la pénétra de nouveau avec une force qui l'écrasa contre l'étagère.

Elle gémit puis retint son souffle en entendant un rire de l'autre côté de la porte du cellier. Deux de ses tantes venaient d'entrer dans la cuisine. Alex la bâillonna d'une main et la tint solidement contre lui, enfouissant son visage dans la courbe de son cou. Sa respiration sifflante était chaude contre sa peau.

Maria entendait les deux femmes préparer les cafés et le dessert. Alex était toujours en elle et elle n'était pas certaine de réussir à tenir jusqu'à ce qu'elles partent. Mais Alex avait une autre idée en tête. Quand il recula pour la pénétrer encore plus fort, elle gémit contre la paume de sa main, essayant de ne pas crier tandis qu'il allait et venait en elle pendant que ses tantes discutaient et riaient de l'autre côté de la porte.

Il continua avec une violence qui faillit les faire tomber tous les deux. Puis il trouva un rythme régulier, retira sa main de sa bouche pour la faufiler jusqu'à son entrejambe, cherchant son clitoris. Il le titilla jusqu'à ce qu'elle aille au-devant de chacun de ses coups de reins. Leurs mouvements étaient rapides, saccadés, puis elle bascula la tête en arrière sur son épaule. Il lui mordilla le cou, l'embrassa, étouffant ses cris de plaisir tandis que les deux femmes sortaient enfin de la cuisine. Elle sentit son corps se contracter autour de lui, et cela suffit à le faire décoller à son tour. Il donna un ultime coup de reins, et tout son corps se contracta quand il jouit.

Il desserra lentement son étreinte et se retira. Ils se rajustèrent pendant qu'il se débarrassait du préservatif, le jetant dans une poubelle, le couvrant avec des serviettes en papier.

— Ils vont se demander ce que nous sommes devenus, dit-il.

— On va bien trouver une explication. À ton avis, ils nous croiront si on dit qu'on s'est perdus ?

— Dans la maison de ton enfance ? J'en doute.

Elle attrapa une bouteille de tequila sur une étagère.

— Et si on leur proposait des margaritas ?

Il s'esclaffa.

— Super alibi.

Elle ouvrit la porte et se trouva nez à nez avec Jessica, sa future belle-sœur. Impossible de savoir depuis combien de temps elle était là et ce qu'elle avait entendu.

— Oh ! salut, Jess.

— Nous nous demandions ce qui vous était arrivé. Vous vous êtes perdus en route ?

Il y avait une interrogation au fond de ses

yeux, et une nuance de soupçon, comme si elle était arrivée au milieu de quelque chose.

Maria afficha son sourire le plus innocent. Cela marchait quand elle était adolescente et qu'elle voulait cacher ses incartades.

— Nous avons décidé de préparer des margaritas, mais impossible de trouver la tequila. Et quand finalement j'ai aperçu une bouteille, elle était sur l'étagère du haut.

— Et tu as eu besoin d'Alex pour l'attraper, conclut Jessica.

— Exactement. Il est très grand, c'est commode.

— Bien sûr. Et la porte s'est fermée sur vous, et la pièce était si petite que vous êtes rouges et essoufflés.

— C'était une étagère vraiment haute, dit Alex.

— Bien sûr.

Jessica n'était pas stupide et à l'évidence leur explication ne l'avait pas convaincue. Mais Alex ne voyait pas comment retourner la situation.

Il y eut quelques secondes de tension pendant lesquelles ils gardèrent le silence tous les trois, et Alex cessa de respirer en voyant Rafael apparaître derrière eux.

— Qu'est-ce que vous fabriquez ? Vous étiez censés apporter des bières.

Alex, Maria et Jessica se dévisagèrent. Puis Maria sourit et brandit la bouteille.

— Changement de programme. Ce seront des margaritas !

Elle passa devant tout le monde pour entrer dans la cuisine. Elle regarda par-dessus son épaule et fronça les sourcils en interceptant le regard interrogateur que Rafael lançait à Alex. Ils se fixèrent pendant un instant puis Rafael se détourna et quitta la pièce sans un mot.

Alex resta à l'écart du groupe et se maudit intérieurement. Il s'était comporté de manière stupide. Comment avait-il pu baiser avec Maria dans le cellier, à quelques mètres de sa famille ? C'était idiot et inutilement risqué. N'importe qui aurait pu les surprendre.

Comme Maria servait et faisait passer les verres de margarita, il songea à la façon dont M. et Mme Martinez l'avaient accueilli quand il était gamin. Ils lui avaient ouvert leur porte. Ils l'avaient aimé, traité comme un fils, ils lui avaient évité d'être baladé de foyer en foyer. Et il les remerciait en dévorant des yeux les courbes magnifiques de leur fille tandis qu'elle passait d'un invité à l'autre.

Il voulait Maria de toutes les fibres de son être et, chaque fois qu'il la regardait, le désir l'envahissait, si fort qu'il avait du mal à respirer, à penser à autre chose qu'à la prendre dans ses bras et à la serrer contre lui. Mais elle était si douce, si généreuse. Elle était tout ce qu'il n'était pas, et il ne pouvait que lui faire du mal. Avouer ses sentiments pour elle risquait de faire exploser sa vie. Il pouvait tout perdre. Il regarda ces gens qui étaient devenus sa famille. Ils l'avaient sauvé. Il ne pouvait pas les trahir.

Il croisa le merveilleux regard de Maria de l'autre côté du feu. Elle lui sourit et il lui sourit en retour. Sa poitrine se serra d'une émotion qu'il n'avait encore jamais ressentie. Maria ne voyait que son meilleur visage. Et il était différent quand il était avec elle. Mais ce n'était pas juste. Elle méritait mieux, et même s'il devait en mourir, il fallait qu'il garde ses distances. Qu'il la protège de lui.

Il se leva.

— Merci et bonne nuit à tous. Je vais rentrer, j'ai du travail qui m'attend.

Tournant le dos aux protestations, il salua l'assemblée d'un geste de la main et regagna sa voiture sans s'arrêter pour dire au revoir à qui que ce soit de peur qu'on lise la culpabilité sur son visage. Mais Maria intervint avant qu'il ait le temps d'atteindre sa voiture et de s'enfuir.

— Alex, attends ! cria-t-elle.

Il se retourna et ne put s'empêcher de sourire à sa vue.

— Pourquoi pars-tu ?

— J'ai du travail.

— Et si je m'invitais chez toi ce soir ? demanda-t-elle en relevant le menton d'un air insolent.

C'était le moment de dire non. De prendre ses distances avec elle. Toutes les raisons pour lesquelles ils ne devaient plus se voir défilèrent dans sa tête : elle méritait mieux que lui, il était un salaud qui trahissait sa seule famille. Si Maria découvrait qui il était *réellement*, elle ne voudrait plus de lui…

— Ce n'est pas une bonne idée.

— Attends de voir. J'ai quelques *très* bonnes idées que j'ai envie d'essayer avec toi.

Il plongea son regard dans ses yeux bruns et y vit danser la flamme du désir et de la tentation. Impossible de résister.

— Sois là à 23 heures.

12

Il était 23 heures passées de deux minutes quand Alex entendit la porte de l'ascenseur s'ouvrir sur son palier. Il avait donné depuis longtemps une clé magnétique à Maria et la permission de venir aussi souvent qu'elle le souhaitait.

Il la rejoignit en trois enjambées, la souleva et l'emporta chez lui. Il ne pouvait pas attendre une seconde de plus. Il avait besoin d'elle – maintenant. D'un geste impatient, il envoya voltiger les objets qui encombraient la console de l'entrée et percha Maria à l'extrême bord. Il lui écarta les jambes, appréciant qu'elle soit en jupe.

Pendant qu'elle déboutonnait son pantalon puis le tirait sur ses hanches, il sortit le préservatif qu'il avait préparé. Il ne lui fallut que quelques secondes pour le dérouler et écarter le string de Maria. Il la pénétra d'un coup de reins, et ils s'agrippèrent l'un à l'autre, haletants, fiévreux. Il sentait son cœur battre contre son torse, au même rythme que le sien, tandis qu'il les entraînait tous les deux vers les cimes du plaisir.

Deux heures plus tard, ils se dévisageaient en souriant, allongés face à face au centre de l'immense lit d'Alex, le drap entortillé autour de leurs jambes.

— Raf m'a demandé d'être son garçon d'honneur, ce soir.

— C'est tout toi ça, dit-elle en riant. Tu es au lit avec moi et tu trouves le moyen de parler de mon frère !

Elle pressa ses lèvres sur son torse.

— Je suis au courant pour Rafa. Il me l'a dit.

Il caressa la courbe délicieuse de sa hanche. Il eut instantanément envie de la dévorer de baisers et se remémora comment il avait léché chaque centimètre de son corps un peu plus tôt dans la nuit. Il poussa un soupir.

— C'est mon meilleur ami et je trahis sa confiance.

— Arrête de te culpabiliser ! Nous ne faisons rien de mal. Nous nous désirons et nous sommes bien ensemble. C'est tout ce qui compte, non ?

— Si.

— Hé, ça fait officiellement de moi ta petite amie ? murmura-t-elle d'un air de conspiratrice.

— Possible, répondit-il sur le même ton.

Il reprit son sérieux.

— Tu es la première, tu sais.

Elle recula, incrédule.

— Quoi ? Ne me dis pas que tu n'as jamais eu de petite amie !

Il haussa les épaules.

— Je ne suis jamais sorti plus de deux fois avec la même fille.

Il ne cherchait pas une relation durable, juste un moment de plaisir partagé. Il annonçait d'entrée les règles du jeu et, si sa partenaire les refusait, il n'allait pas plus loin.

— Pas même quand tu étais adolescent ? Pas de petite copine ? Pas une seule fille dont tu étais fou amoureux ?

Il secoua la tête. Pour être honnête, il n'avait jamais attaché d'importance à ce vide dans sa vie. Mais la tristesse qu'il lisait dans les yeux de Maria lui disait qu'il était peut-être passé à côté de quelque chose.

— Non. Quand j'ai commencé à coucher avec des filles, j'ai compris que j'étais doué pour certaines choses mais pas pour une relation durable.

Il sourit.

— Je ne suis pas le genre d'homme qui s'attache – ou qu'on attache. Je me suis dit que si je les contentais sur le plan sexuel elles me ficheraient la paix.

Ce qu'il ne dit pas, c'était qu'il les gardait à distance par peur de les décevoir si elles s'approchaient trop près. Quelle femme voudrait encore d'Alex Fischer si elle le voyait tel qu'il était réellement ?

— C'est très triste, Alex. Tu n'as jamais connu le bonheur d'aimer. D'être tellement rempli d'amour que c'est à la fois une joie et une souffrance.

Il la contempla. Elle était si belle, nue dans son lit, à peine couverte par le drap. Il y avait une telle pureté, un tel rayonnement dans son regard que sa gorge se serra et il eut du mal à respirer.

— Non, jamais, murmura-t-il. Tout ce que je sais, c'est que j'ai mal quand je ne peux pas te voir ou te toucher.

Elle lui répondit d'un sourire incroyablement tendre. Sans un mot, elle se retourna dans ses bras, pressant ses fesses contre son bas-ventre, le dos collé à son torse. Il resserra d'instinct l'étreinte de ses bras. Elle était si douce, si chaude, et il sentait les battements de son cœur, tout proches… À moins que ce ne soit les siens ? Impossible de savoir, ils étaient tellement soudés l'un à l'autre qu'ils ne faisaient plus qu'un.

Ils restèrent ainsi jusqu'au lever du soleil.

13

Alex se réveilla, nu, le drap entortillé autour de sa taille. Quand Maria passait la nuit avec lui, il dormait toujours mieux que d'habitude. Il tendit la main mais rencontra le vide. Il s'était tellement habitué à sa présence le matin qu'il ressentit un vrai sentiment de manque. Repoussant les draps, il ramassa son pantalon sur le sol et l'enfila rapidement.

Une odeur de café flottait dans l'air. Il la suivit jusqu'à la cuisine où Maria, vêtue de l'une de ses chemises, s'activait devant le fourneau qu'il n'utilisait jamais.

— Bonjour, dit-il en se dirigeant vers la machine à café.

Elle le regarda en souriant par-dessus son épaule. Il l'embrassa.

— Il faut vraiment que tu fasses des courses, dit-elle en poussant des œufs brouillés au centre d'une poêle dont il ignorait même l'existence. Tu n'as rien dans tes placards à part des œufs, du lait et du café.

Il haussa les épaules.

— Il doit y avoir une pomme quelque part.

— Imagine que tes réserves de bourbon et de cigares soient dans le même état que ton frigo ?

Il eut un regard épouvanté.

— Ne dis pas des choses pareilles, tu veux me faire mourir ?

Il lui enlaça la taille en souriant et l'attira à lui.

— Tu es réveillée depuis longtemps ?

— Non. Mais j'avais faim et j'avais envie d'un café.

— C'est la première fois qu'une femme me prépare mon petit déjeuner.

— Ce ne sont que des œufs.

Il l'embrassa, lentement, langoureusement.

— Pour moi, ils valent de l'or.

Il frotta sa joue contre la sienne. Il pourrait s'habituer à ces dimanches matin paresseux dans la cuisine.

— Quels sont tes projets pour la journée ?

Il tira sur la chemise qu'elle portait – la sienne, en fait.

— J'espère qu'ils ne nécessitent pas que tu sois habillée ?

Elle fronça les sourcils.

— Je crains que si. Je dois me rendre au centre d'action sociale. Et toi ?

— J'ai rendez-vous avec Alana dans l'après-midi. Mais d'ici là je suis libre.

— Et si tu m'accompagnais ?

— Où ?

— Au centre. On s'y amuse beaucoup, tu sais. Et puis ça te permettrait de voir ce que je fais quand je ne joue pas les potiches dans un bureau.

— Tu n'es pas une potiche !

— J'apporte du café et je fais des photocopies. On ne peut pas dire que mon cerveau est beaucoup sollicité.

Il prit son visage dans ses mains.

— Ne dis pas ça. Tu es devenue un membre de l'équipe à part entière. Ce ne serait pas pareil sans toi.

— Tu es gentil, mais je crois que ce que tu apprécies vraiment chez moi, c'est l'allure que j'ai en jupe crayon.

— Aussi, oui. Mais je suis sincère.

— Je pourrais me rendre tellement plus utile ! Il y a tant à faire dehors. Tant de centres sociaux qui ont besoin d'aide !

— The Brotherhood a sa propre fondation. Et nous donnons régulièrement à des œuvres caritatives.

— Je sais, et votre soutien est précieux.

Mais signer un chèque n'est pas tout. Il y a aussi le terrain. Vous n'êtes pas au contact des problèmes que rencontrent les gens au quotidien.

Elle avait raison. Ils versaient des dons importants à des œuvres, mais il était bien placé pour savoir combien ces centres étaient importants. Il y avait passé des après-midi entiers quand il était enfant, solitaire et effrayé, retardant jusqu'à la dernière minute le moment où il devrait rentrer chez lui parce qu'il avait peur de ce qui l'y attendait. Il caressa pensivement la joue de Maria. Il avait subitement très envie de l'accompagner. Oui, il ne voyait pas de meilleure façon de passer un dimanche matin !

Maria suivait des yeux le match de basket en souriant. Alex dominait ses adversaires de la tête et des épaules, et il pouvait toucher le panier simplement en tendant la main, mais il faisait comme si les gamins lui donnaient du fil à retordre. Il était doué avec les enfants.

Beth et Anna s'assirent à côté d'elle.

— C'est lui, la raison pour laquelle on ne te voit plus ?

— Je suis vraiment désolée. J'ai eu beaucoup de travail au bureau.

— Vous sortez ensemble ? demanda Anne en montrant Alex d'un mouvement du menton.

— Oui.

Elle ne craignait pas de révéler leur relation à ses amies : elle pouvait compter sur leur discrétion.

— Mais pour l'instant nous souhaitons rester discrets.

Anna haussa les épaules.

— Pourquoi ? Il est gentil. Et très généreux.

Maria se tourna vers elle.

— Comment cela ?

Elle lui montra un chèque portant la signature d'Alex et un don à cinq chiffres.

— Il vient de te le remettre ?

— Oui. À condition que son nom ne soit pas mentionné. Il n'a même pas voulu que je prenne une photo de lui. Il dit que cet endroit lui rappelle beaucoup trop de souvenirs.

— On peut dire que cet argent tombe à pic, approuva Beth. On va pouvoir acheter les équipements sportifs qui nous manquent.

Maria regarda Alex laisser un garçon dribbler et réussir un tir à trois points. Ses copains l'entourèrent en poussant des cris de victoire. Alex jouait les durs avec ses tatouages et ses airs autoritaires, mais en réalité c'était un homme doux, tendre, sensible. Pourquoi avait-il dit à Anna que cet endroit lui rappelait des souvenirs ? Il était venu habiter avec eux quand il avait huit ans, mais elle n'avait jamais su ce qui s'était passé avant et pourquoi il avait dû partir de chez lui. Elle sentit son cœur se serrer et l'évidence lui apparut tout à coup. Elle était amoureuse d'Alex Fischer. Probablement depuis toujours.

— Je dois prendre ma pause, lui dit Beth. On mange ensemble ?

— D'accord. Tu viens avec nous, Anna ?

La jeune femme secoua la tête.

— Non. J'ai déjà mangé et j'ai une tonne de paperasses à terminer.

Maria et Beth traversèrent le hall en direction de la cantine. L'heure du déjeuner était passée et le réfectoire était vide. Elles attrapèrent une cannette de soda et un sandwich avant d'aller s'asseoir à une table.

— Comment ça se passe ton boulot chez Collins/Fischer ?

Même si elles étaient colocataires, entre les journées au bureau de Maria et ses nuits avec Alex, elles ne se voyaient quasiment plus.

— Bien. Mais je suis fatiguée. J'ai été débordée ces dernières semaines.

— À cause du boulot ou d'Alex ? s'enquit Beth avec un sourire malicieux.

Maria détourna les yeux.

— J'ai droit à un joker pour éviter de

répondre à la question ? demanda-t-elle avec un petit rire.

Elle ouvrit l'emballage de son sandwich au pain de mie, consciente que le seul fait d'entendre prononcer le prénom d'Alex suffisait à faire battre son cœur plus vite. Un soupir gonfla involontairement sa poitrine et elle se surprit à sourire sans raison.

Beth l'observa en hochant la tête.

— En tout cas, il a une très bonne influence sur toi. Tu as l'air épanouie.

Maria haussa les épaules.

— Il me rend heureuse. Je crois que je l'aimais depuis très longtemps et, maintenant que nous sommes ensemble, c'est encore mieux que ce que j'imaginais.

Beth la dévisagea pensivement.

— C'est du sérieux, alors ?

Maria hocha la tête d'un mouvement presque imperceptible mais garda le silence.

— Tu ne veux pas en parler ?

Elle avait promis à Alex de garder leur relation secrète, mais Beth était sa meilleure amie et elle avait toute confiance en elle.

— C'est compliqué, soupira-t-elle. Alex ne veut pas que Rafa l'apprenne, et parce que techniquement il est mon patron nous gardons notre liaison secrète.

— Oooh… J'adore cette idée ! Il est comment ?

— Comme patron ? Très bien.

Beth lui donna une petite tape sur la main.

— Allez, tu sais bien que ce n'est pas ce que je te demande !

Maria ne put s'empêcher de rire.

— C'est un amant merveilleux. Il peut se montrer dur et froid, mais c'est un air qu'il se donne. En réalité il est doux, gentil. Il me rend folle et… Et tu n'en sauras pas plus.

Beth poussa un soupir de tragédienne et s'adossa à sa chaise.

— Bon. Je vais me contenter de ces miettes d'information.

Elle jeta un coup d'œil sa montre.

— À propos de miettes, je vais devoir avaler mon sandwich en vitesse parce que je me suis portée volontaire pour nettoyer les vestiaires du gymnase, et il y en a probablement pour plusieurs heures.

Maria fit la moue.

— Quoi ? demanda Beth.

— Rien. Je suis contente d'avoir un travail qui paie mes factures, mais je regrette de ne plus venir au centre comme avant. Je voudrais tellement qu'on fasse de nouveau équipe, toi et moi !

— Tu peux venir quand tu le souhaites.

— Mais j'ai si peu de temps libre ! Je travaille pour une société qui brasse des millions.

J'apprends un tas de choses intéressantes, mais je me sens tellement inutile. Moi ce que j'aime c'est aider les gens dans le besoin, pas aider des millionnaires à gagner encore plus d'argent.

— Tu sais, ta présence nous manque à nous aussi. Les enfants parlent tout le temps de toi. Au fait, je ne t'ai pas dit : Anna nous quitte.

— Quoi ?

Maria n'arrivait pas à le croire. Anna était la coordinatrice du centre et elle adorait son travail. Elle n'avait jamais imaginé qu'elle puisse partir un jour.

— Elle va s'installer à Tucson où vit sa famille. Du coup, son poste est vacant, si ça t'intéresse.

— Malheureusement, je ne peux pas me le permettre.

Elle était qualifiée pour le poste, mais le salaire était insignifiant. Il lui permettrait tout juste de payer ses factures, pas de mettre un sou de côté. Pourtant elle était faite pour ce travail, elle le savait.

— Dommage que les journées n'aient pas quarante-huit heures, soupira-t-elle. Ou que je ne puisse pas me dédoubler.

14

Alex et Alana étaient raisonnablement optimistes quand ils sortirent de la mairie aux côtés de Jessica. Durant toute la semaine, ils avaient rencontré individuellement la plupart des conseillers municipaux pour leur expliquer qu'il ne se passerait rien de scandaleux derrière les murs de Hedo et, même s'il y avait encore des résistances, ils étaient assez confiants sur leurs chances de réussite.

— Merci pour tout, Jess, dit Alex. Je suis désolé que ton intégrité ait été mise en doute à cause de nous.

Elle balaya le problème d'un geste de la main.

— Ne t'inquiète pas pour moi. J'ai survécu à un scandale, preuve qu'on ne m'intimide pas facilement. J'ai demandé à Neil d'accélérer la procédure pour la nouvelle demande de permis. L'affaire devrait être réglée d'ici la fin de la semaine.

— Ce serait formidable.

Il sourit et aperçut Rupert Perry qui quittait le bâtiment. Il siégeait au conseil municipal depuis des années. Il avait la réputation d'être très à cheval sur les règles et très conservateur. Il était le seul, désormais, à bloquer leur projet.

— Je reviens, dit-il en se dirigeant à grandes enjambées vers l'octogénaire.

— Monsieur le conseiller ?

L'homme s'arrêta et fronça les sourcils.

— Oui ?

Alex lui tendit la main.

— Alex Fischer de chez Collins/Fischer.

Il regarda sa main sans la serrer.

— Je sais qui vous êtes.

Alex avait déjà eu affaire à des adversaires coriaces dans le passé, la rebuffade du conseiller ne l'impressionna pas.

— Je suis passé à votre bureau tout à l'heure, mais vous n'étiez pas là.

— Vraiment ?

— Nous voulions vous rassurer et répondre aux inquiétudes que vous pourriez avoir au sujet de notre projet d'hôtel.

— Ah oui, le bordel que vous voudriez ouvrir sur le Strip.

Alex serra les mâchoires.

— Ce ne sera pas un bordel.

— Vous voulez introduire de la pornographie au cœur de notre industrie touristique.

Alex cilla.

— Nous n'avons pas l'intention de ternir l'image de Sin City, dit-il, utilisant à dessein le surnom de Las Vegas – la cité du Péché.

— Je n'en doute pas, ironisa le vieux bonhomme en le toisant.

— Avons-nous un problème, monsieur ?

— Aucun problème. Je sais tout de vous. J'ai étudié votre passé et celui de votre partenaire, Brett Collins, quand la proposition a atterri sur mon bureau. Collins est un ancien alcoolique et vous un pauvre gosse de l'assistance publique qui a eu de la chance, mais qui ressemble toujours à ce qu'il est : de la graine de voyou.

Alex dut se mordre la langue pour s'empêcher de prononcer des mots qu'il regretterait. Le vieux macaque pouvait l'insulter tant qu'il voulait, mais on ne touchait pas à ses amis. Brett et lui avaient eu des problèmes par le passé, mais la page était définitivement tournée.

— Regardez-vous avec vos tatouages. Et vous voulez qu'on vous prenne au sérieux ? Sachez que vous ne m'abusez pas avec vos costumes sur mesure et vos faux airs d'homme d'affaires. Vous êtes un vaurien comme votre père et vous resterez toute votre vie un vaurien.

Alex recula avant que son poing parte tout seul écraser le nez de l'octogénaire.

— Je vois que vous avez un avis tranché. Nous espérions obtenir un consensus du conseil municipal. Mais vos collègues se sont déjà ralliés à notre projet, nous nous passerons donc de vous. Merci de m'avoir accordé un peu de votre temps.

Il s'éloigna d'un pas rapide. Il tremblait de colère et de frustration. Il avait failli frapper un vieillard, mais ce n'était pas le pire. Le pire, c'était ce qu'il lui avait dit. Et s'il avait raison ? S'il était un vaurien ? Le digne fils de son père ?

— Nous comptions nous rendre au club, disait Alana à Jessica quand il les rejoignit. Tu viens avec nous ?

— Non, j'ai une réunion dans quelques minutes. Et Rafael et moi avons des plans pour la soirée.

— J'ai absolument besoin d'un verre après la journée que je viens de vivre, soupira Alana tout en se dirigeant vers la Jaguar d'Alex. Je ne sais pas combien de ces abrutis m'ont demandé avec des sous-entendus libidineux si j'allais les accueillir personnellement au Paradis Terrestre.

Il se tourna vers elle, les sourcils froncés, mais elle le rassura d'un sourire.

— Ne t'inquiète pas, j'ai l'habitude. Je sais comment les calmer.

— Qu'est-ce que tu leur dis ?

— Que je serai enchantée de les accueillir avec leur épouse. C'est radical.

Alex éclata de rire. Alana était la seule femme de la bande et elle était régulièrement confrontée au sexisme et aux comportements déplacés. Mais elle avait de la ressource et refusait que l'un d'eux intervienne pour la défendre.

— Quelle bande de toquards.

— Oui. Mais ces vieux bonshommes dopés au Viagra sont le cadet de mes soucis. La priorité pour l'instant, c'est Hedo. Que t'a raconté Perry ?

— Rien de bon, marmonna-t-il. Tu aurais peut-être eu plus de chance que moi.

— Combien d'obstacles allons-nous encore rencontrer avant de pouvoir construire cet hôtel ? soupira-t-elle.

— Il n'est pas un obstacle. Nous n'avons pas besoin de son accord. Une fois le permis validé, nous pourrons lancer le chantier.

Il déverrouilla les portières, et ils montèrent tous les deux.

— Tu es optimiste.

— Parfois, je n'ai pas le choix.

L'idée de retrouver leur table habituelle au Paradis Terrestre le mettait soudain mal à l'aise. Le passé était toujours une plaie à vif dans ses souvenirs et, même s'il était copropriétaire du club, il avait tout à coup le sentiment de ne pas y être à sa place, d'être un usurpateur. Il se tourna vers Alana.

— Ça t'ennuie si on va ailleurs qu'au club ?

— Non, bien sûr. Tu as une idée ?

— J'ai envie d'un petit retour aux sources.

En voyant qu'il prenait la route de l'université, elle devina où il l'emmenait et se mit à rire.

— Un *grand* retour aux sources !

— Ça fait longtemps, acquiesça Alex.

Il reprit le trajet qu'il n'avait pas emprunté depuis des années et se gara devant le petit bar où ils venaient boire une bière autrefois après les cours.

— Tu crois que ta voiture est en sécurité ici ? s'inquiéta-t-elle.

— J'en suis sûr.

Alana s'installa à une table au fond de la salle pendant qu'Alex allait chercher deux bières au bar. Il avait travaillé ici pour payer ses études.

— Je sais qu'on est jeudi, mais on n'a pas de rendez-vous de travail ce week-end, dit-il en s'essayant en face d'Alana. On peut se lâcher.

Elle but une gorgée et hocha la tête.

— Excellent plan. Au pire, on prendra un taxi pour rentrer. On n'a pas bavardé ensemble depuis des lustres.

— De quoi veux-tu parler ? demanda-t-il. Tout ce que tu veux, sauf du boulot.

— Ça réduit considérablement les sujets. Cinéma ?

— Tu as le temps de regarder des films, toi ?

— Animaux familiers ? Non, rectifia-t-elle aussitôt. Nous n'en avons pas. La politique, c'est épuisant. Il nous reste… nos amis.

Alex éclata de rire.

— Et le sexe.

Il reprit instantanément son sérieux. Parler de sexe revenait à parler de Maria.

— À ce propos, je ne t'ai pas vu au Paradis dernièrement, dit Alana.

Elle dirigeait le club et savait absolument tout ce qui s'y passait.

— Deux possibilités, reprit-elle, soit tu as une liaison, soit tu es lassé de ce que nous proposons – ce qui est impossible. Donc : comment vont tes amours ?

Alex but la moitié de sa bière sans répondre. Depuis leur rencontre à l'université, leur relation était restée platonique, mais ils avaient une sorte de baromètre interne qui détectait leurs coups de blues sentimentaux. Et ils ne se trompaient jamais.

— Diable. À ce point ?

— Tu n'imagines même pas, marmonna-t-il. Et toi ? Quelqu'un à l'horizon ?

— Personne. Le désert.

— Pas d'amoureux transis qui chantent des sérénades sous tes fenêtres ?

— Silence radio. Mais vu que je dors dans mon bureau presque toutes les nuits ça n'a rien d'étonnant.

Alex se sentait coupable. La charge de travail d'Alana avait triplé depuis qu'ils travaillaient sur ce projet d'hôtel. Il avait l'impression de causer des problèmes à tout le monde.

— Si tu veux lever le pied, dis-le-moi. Je peux très bien gérer le projet tout seul. Tu as suffisamment de travail comme ça.

— Non, ne t'inquiète pas. Et puis ce n'est pas comme s'il y avait quelque chose de sympa à faire la nuit à Las Vegas.

Il esquissa un sourire ironique.

— Tu as raison. C'est un lieu tellement ennuyeux avec ses concerts, ses shows, ses spectacles, ses casinos…

Elle éclata de rire.

— Ne m'en parle pas. En tout cas, ne t'inquiète pas pour moi ou pour ma vie sentimentale. Raconte-moi plutôt ce qui t'arrive. Tu as l'air abattu et ça ne te ressemble pas.

Il avait terriblement besoin d'en parler à quelqu'un. Qui sait ? Alana serait peut-être de bon conseil.

— Tu as vu juste, admit-il avec un soupir. J'ai

une liaison, mais elle est mal engagée depuis le début. Je n'aurais jamais dû commencer cette relation et je le sais.

— Tu m'intrigues. Rien d'illégal ou de glauque, j'espère ?

— Illégal ? Non. Glauque ? Complètement.

Elle écarquilla les yeux.

— Je t'écoute.

Il prit une respiration et se jeta à l'eau.

— C'est Maria. Nous couchons ensemble.

Alana resta muette un moment, puis elle hocha la tête.

— J'ai senti qu'il se passait quelque chose entre vous ce fameux soir au Paradis. Raf est au courant ?

— Non. Mais je crois qu'il a des soupçons depuis le week-end dernier.

Il se remémora le regard qu'il lui avait lancé quand ils avaient failli se faire surprendre dans le cellier.

— Il va me massacrer s'il l'apprend. Et je ne parle même pas de la réaction de Brett. Mais je suis sûr qu'il se doute lui aussi de quelque chose.

— Ne t'en fais pas pour Brett. Tu auras probablement droit à un sermon, rien de plus. En revanche, il y a de fortes chances que Raf t'écorche vif. Bien sûr, je ne vais pas vendre la mèche, mais si tu joues avec le cœur de la petite…

Il la fusilla du regard.

— Non.

— C'est du sérieux ?

Il vida sa bière.

— Je ne sais pas. Elle est géniale. Généreuse, authentique, pleine de vie et d'optimisme.

— C'est vrai.

— Et moi je suis un moins que rien. Je devrais reprendre le fil de ma vie, comme avant. Boulot, salle de gym, club, sexe, boulot et ainsi de suite. C'était facile, sans problème. Mais Maria a tout déréglé. J'ai besoin de la voir tout le temps.

— Je ne veux pas t'affoler, mais ça ressemble à de l'amour.

— Je ne sais pas.

— Tu ne veux pas en parler à Raf ?

— Je ne peux pas continuer comme ça, mais je ne sais pas comment m'y prendre. Tu as vu combien il est protecteur avec sa petite sœur. Il se prépare aux élections sénatoriales, et je ne veux pas créer une scission dans le groupe au moment où nous avons tous des objectifs importants en tête. Nous devons être unis sur tous les fronts.

Il fit tourner son verre vide entre ses mains.

— Tu n'as pas besoin de me dire que c'est

une dérobade, je le sais. Je donne l'impression d'être un fichu lâche.

Alana s'adossa à sa chaise sans répondre et regarda autour d'elle.

— On a parcouru du chemin depuis la dernière fois que nous sommes venus ici.

Alex hocha la tête. The Brotherhood avait quitté la banquette miteuse de ce bar d'étudiants pour leur table au Paradis Terrestre. Il regarda ses mains tatouées. Rupert Perry avait peut-être raison. Finalement, il n'avait pas changé. Il était toujours un vaurien, un gamin pauvre qui avait grandi dans un taudis avec des parents alcooliques. Il ne pouvait plus se cacher derrière sa voiture de luxe et ses costumes sur mesures.

— En es-tu bien sûre ?

Alana se pencha vers lui comme si elle avait perçu sa mélancolie.

— Qu'est-ce qui ne va pas ?

Il secoua la tête sans répondre, mais elle ne laissa pas tomber.

— Parle-moi, Alex.

Il haussa les épaules en soupirant.

— Je fais pas mal d'introspection en ce moment à cause de ma relation avec Maria. Et avec ce que Perry m'a dit aujourd'hui, forcément, ça mouline dans ma tête.

— Qu'est-ce qu'il t'a dit ?

— Ce que j'ai toujours su en réalité : je suis un moins que rien qui essaie de se faire passer pour un type brillant. Un faussaire.

Le visage d'Alana s'adoucit.

— Ce n'est pas vrai. Dans The Brotherhood nous sommes tous sur un pied d'égalité, quel que soit notre passé. Tu as sans doute eu un départ dans la vie plus difficile que le nôtre, mais tu as travaillé plus dur que tout le monde pour réussir. N'écoute pas les remarques fielleuses d'un vieil aigri ignorant. Tu es quelqu'un de bien. Un type brillant qui est arrivé là où il en est aujourd'hui grâce à son travail et à son mental. Ce que tu as, tu ne le dois qu'à toi-même. Ne laisse personne te dire le contraire.

— Parfois c'est difficile, tu sais. Je ne me sens pas à ma place en haut de l'échelle. Et j'ai l'impression que tout le monde le voit.

— Ne te rabaisse pas, Alex. Nous avons tous nos moments de doute et nous suscitons beaucoup de jalousie. Nous avons réussi très jeunes tous les cinq, et du coup les gens se disent que nous ne méritons pas notre succès. Mais c'est faux. Notre vie actuelle, nous l'avons gagnée. Tous.

Elle regarda leurs verres vides et se leva.

— La prochaine tournée est pour moi.

*
* *

Alex s'adossa à sa chaise avec un soupir. Leur volonté de ne pas parler boulot n'avait pas tenu longtemps. Ils avaient bu des pintes, griffonné des notes sur plusieurs serviettes en papier, bu d'autres pintes tout en réfléchissant aux problèmes d'aménagement qu'ils pourraient rencontrer pendant la construction.

Alana agita l'une des serviettes.

— On devrait venir travailler plus souvent ici, dit-elle. On a super bien avancé !

— Ça marchait bien quand on planchait sur nos travaux de groupes à l'université, acquiesça Alex. Ce retour aux sources était une bonne idée, finalement.

Alana bâilla.

— Je suis cuite. Je vais appeler une voiture.

Elle envoya un bref texto à l'un de leurs chauffeurs.

— Tu rentres ?

Il hésita. Il était trop tard pour appeler Maria et il n'avait pas envie de se retrouver en tête à tête avec lui-même dans son appartement froid et vide. Il secoua la tête.

— Je vais rester encore un peu.

Alana l'enveloppa d'un regard soucieux qui l'agaça.

— Je veux juste rester encore un moment. Je dois réfléchir à certaines choses.

— Bon.

Elle posa affectueusement la main sur son épaule tandis que son téléphone lui annonçait l'arrivée d'un SMS.

— Mon carrosse est arrivé.

Elle se leva.

— À demain.

Alex hocha la tête et la regarda partir. Il aurait pu profiter de la voiture, mais le silence de son logis devenait plus pesant de jour en jour. Il comprit tout à coup que c'était pour cette raison qu'il passait autant de temps au bureau et qu'il travaillait sans cesse sur plusieurs projets à la fois – des projets qui absorbaient tout son temps. Voilà pourquoi il n'avait pas envie de quitter l'atmosphère familière du petit bar où il venait presque tous les jours quand il était étudiant.

Les années s'étaient écoulées. Il avait réussi à créer sa propre société, il avait remporté des victoires, gagné des récompenses, il vivait fastueusement. Mais il ne pouvait pas échapper à son passé et à ce qu'il était.

Il baissa les yeux sur les tatouages qui formaient les mots *work* et *play* sur ses mains. Alana avait beau dire, il ne se sentait pas toujours à sa place au sein de The

Brotherhood. Une partie de lui était toujours ce gamin perdu qui avait eu la chance de rencontrer une famille bien. Que serait-il devenu sans les Martinez ? Un voyou ? Un drogué ? Un assassin, comme son père ?

Comme ses pensées l'entraînaient dans les eaux sombres de son enfance, il ressentit soudain le besoin de boire quelque chose de plus fort, de plus âpre. Il fit signe à la serveuse et commanda un double Jack Daniel's. Puis il jeta un billet de cent dollars sur la table et lui demanda de lui apporter la bouteille.

15

Maria était couchée quand son téléphone sonna sur sa table de nuit.

— Allô !

— Maria ? Bonsoir, c'est Alana.

Elle fronça les sourcils et regarda l'heure au cadran de son réveil. Il était minuit passé.

— Il y a un problème ?

— Je sais qu'il est tard et que c'est une requête un peu bizarre, mais… j'ai passé la soirée dans un bar avec Alex et je m'inquiète pour lui. Ça t'ennuierait d'aller t'assurer qu'il va bien ? Je peux t'envoyer mon chauffeur, mais il faudrait que tu le ramènes chez lui avec sa voiture. C'est possible ?

Maria jaillit du lit. Elle ne chercha pas à savoir pourquoi Alana avait pensé à l'appeler, elle. Alex devait lui avoir parlé d'eux deux.

— Bien sûr. Merci de m'avoir appelée.

Elle lui donna son adresse, raccrocha et s'habilla à toute vitesse. Elle prenait son sac à main quand la voiture se gara sur le parking de son immeuble.

Une fois installée à l'arrière, elle prit son portable et composa le numéro d'Alex. Il répondit au bout de plusieurs sonneries.

— Salut, bébé.

Sa voix était sombre et assourdie, un peu pâteuse.

— Qu'est-ce que tu fais debout à cette heure-ci ?

— Tu vas bien, Alex ?

— Je pète la forme.

Ses intonations disaient tout le contraire.

— Qu'est-ce qui t'arrive ?

— Rien. Je vide quelques verres en pensant au bon vieux temps.

— Pourquoi fais-tu ça ? Il est arrivé quelque chose ?

— Non, je vais bien. Je vais toujours bien.

— D'accord. Reste où tu es. Je viens te chercher.

— Non, je t'interdis de…

— Trop tard, je suis déjà en route.

Elle repéra Alex sans peine, au fond de la petite salle mal éclairée. Il était assis à une table, tout seul, une bouteille de Jack Daniel's et un verre devant lui. Sa chemise blanche était entrouverte et il avait retiré sa cravate. On apercevait l'encre noire de ses tatouages sur son cou. Ses manches étaient roulées sur ses avant-bras. À le voir ainsi, solitaire et sombre, un verre à la main, une cigarette aux lèvres, il était difficile d'imaginer que cet homme était à la tête d'une entreprise pesant plusieurs millions de dollars. Il avait l'air d'un agent secret – ou d'un gangster. Il avala son whisky d'une gorgée et se resservit immédiatement.

Elle alla s'asseoir en face de lui, et il fronça les sourcils.

— Ce n'est pas un endroit pour toi, dit-il.

— C'est toi qui le dis. Et ce n'est pas moi qui ai laissé ma Jaguar à l'extérieur.

Il tapota la cendre de sa cigarette dans le cendrier.

— Elle est beaucoup plus à sa place ici que tu ne l'imagines.

Elle tendit la main, paume ouverte.

— Donne-moi les clés.

— Pourquoi ?

— Parce que nous partons.

— Non. Je suis bien ici.

Elle connaissait Alex depuis des années, mais elle ne l'avait jamais vu se comporter ainsi. Ses yeux étaient sombres et tourmentés et ils évitaient les siens.

— Alex, tu me fais peur. Qu'est-ce qu'il y a ?

Il ne répondit pas. Ce silence était insupportable. Il approcha son verre de ses lèvres pour le vider, mais elle le lui arracha des doigts et vida son contenu dans le cendrier qui contenait les restes de plusieurs Marlboro Light, sorties d'un paquet froissé posé sur la table.

— Hé, qu'est-ce qui te prend ? demanda-t-il d'un ton furieux.

— Tu ne veux pas me parler, d'accord. Mais, si tu crois que je vais rester là à te regarder te soûler sans bouger, tu me connais mal. Maintenant lève-toi et suis-moi. Je te ramène à la maison.

Alex la fusilla du regard, mais elle ne broncha pas. Peu de gens se permettaient sans doute de lui parler de cette façon, mais ça lui était égal. Il soupira et finit par se lever puis posa les clés de la voiture sur la table, devant elle.

— Bon.

Il réussit à marcher droit jusqu'à la porte. Il se laissa tomber sur le siège passager tandis que Maria se glissait derrière le volant de la Jaguar. Elle sourit en entendant le moteur ronronner.

— Je crois que je vais te déposer à un coin de rue et m'offrir une virée avec cette petite merveille.

— N'y pense même pas. Ce n'est pas parce

que je t'aime que tu échapperas à une fessée si tu cabosses mon bébé.

Maria sursauta et le regarda, le cœur battant. Il avait les yeux fermés.

— Qu'est-ce que tu as dit ?

— Qu'est-ce que j'ai dit, quoi ? demanda-t-il d'une voix pâteuse.

Il semblait sur le point de s'endormir. Elle essaya de se raisonner. Sa déclaration n'avait aucune valeur. C'était un doux délire dû à l'alcool ou à la fatigue.

— Rien.

Il recula son siège pour faire de la place à ses longues jambes et inclina le dossier en arrière. Elle détourna brièvement les yeux de la route pour l'observer. Sa nuque reposait contre l'appuie-tête, ses yeux étaient fermés, sa respiration régulière. Il dormait. Son appartement était plus proche, elle était fatiguée et elle n'avait aucune envie d'affronter la circulation du Las Vegas Boulevard.

Elle prit la direction opposée à celle du Strip et roula vers son quartier.

Après un court trajet, elle gara la Jaguar à côté de sa propre voiture et secoua Alex.

— Nous sommes arrivés.

Il marmonna quelque chose d'incompréhensible puis ouvrit brusquement les yeux. Il regarda à travers le pare-brise.

— Ce n'est pas là que je vis.

— Tu es chez moi. Chacun son tour. C'est toujours moi qui viens chez toi.

Il se frotta les yeux et regarda le parking.

— Ce n'est pas folichon.

— C'est parfait pour moi, dit-elle en descendant de voiture.

— Pourquoi ? demanda-t-il en la suivant dans l'immeuble.

— Parce que le loyer est raisonnable et que Beth avait besoin d'une colocataire. En plus, c'est près du centre social.

— Oui. Et c'est bien le problème, marmonna-t-il.

Elle secoua la tête.

— Oh ! mon Dieu, tu es un horrible snob !

Elle ouvrit la porte de son petit appartement, fit signe à Alex d'entrer et referma la porte derrière lui.

— Je ne suis pas snob. Verrouille la porte.

Elle poussa le verrou et engagea la chaîne.

— Je verrouille toujours ma porte. Et tu *es* snob. C'est un quartier défavorisé, mais ce n'est pas pour autant un repaire de truands. Les gens sont très gentils ici. Nous veillons tous les uns sur les autres. Je n'avais pas compris que tu étais à ce point coupé du monde réel, cloîtré dans ton luxueux appartement en terrasse et ta tour de bureaux.

Il fronça les sourcils.

— Je ne suis pas coupé du monde réel. Je dis simplement que tu mérites mieux.

— C'est ici que je vis et j'aime ça.

— Et si je te donnais une augmentation ? Tu pourrais louer un appartement plus décent, non ?

— Je n'ai rien contre une augmentation, mais je n'ai pas l'intention de m'en aller. Je me plais ici. Est-ce que tu comprends ce que je dis ?

— Raf et tes parents savent où tu vis ?

— Évidemment, ils le savent. Ils ne sont pas ravis, mais…

Elle haussa les épaules.

— Ils ne peuvent pas me forcer à partir. Ce serait le meilleur moyen de me faire emménager dans un quartier bien pire.

— Tu es une tête de mule, marmonna-t-il.

— Et c'est un spécialiste qui parle !

Alex la suivit dans sa chambre. Il se débarrassa de ses souliers et se laissa tomber sur le lit. Il était inconfortable, mou, trop petit, mais il était imprégné du parfum de Maria ce qui en faisait le lieu le plus fantastique du monde. Il s'y étala avec délices, remarquant à peine que ses pieds dépassaient au bout.

Maria s'allongea à côté de lui et lui tendit un verre d'eau qu'il accepta.

— Merci, Maria. Pour tout.

Elle attendit qu'il ait vidé le verre avant de le questionner.

— Et maintenant tu vas me dire ce que tu fabriquais dans ce bar miteux à vider une bouteille de Jack Daniel's en fumant comme un sapeur ?

— C'est la dernière fois que je sors avec Alana, dit-il avec un rire en lui enlaçant la taille. On voulait juste aller boire un verre après le boulot, et sans même s'en rendre compte on s'est mis à bosser sur les plans du futur hôtel. Elle t'a appelée, c'est ça ?

— Oui, et je suis contente qu'elle l'ait fait. Tu lui as parlé de nous ?

— Je sais que nous avions convenu de garder le secret, mais j'avais besoin de me confier à quelqu'un. J'espérais qu'elle me donnerait un conseil.

— Elle l'a fait ?

— Un peu. Elle a admis que Raf me tuerait s'il apprenait que j'ai couché avec sa petite sœur.

Il attira Maria plus près de lui.

— Mais c'était génial de se retrouver dans ce bar elle et moi comme au bon vieux temps. C'était notre QG autrefois quand nous étions étudiants. Ça m'a fait du bien ce petit retour en arrière.

— Je me souviens de toi à l'époque. Tu t'es transformé depuis.

Il secoua la tête.

— Non. Seulement en apparence. Dans la réalité je suis toujours le gamin pauvre qui vivait dans un taudis. Je porte des costumes sur mesure et je conduis une voiture de luxe, mais dans le fond je n'ai pas changé, même si j'essaie de faire croire le contraire.

— Ce n'est pas pour autant que tu n'es pas quelqu'un de bien. Tu l'étais enfant et tu l'es toujours aujourd'hui.

— Non. J'ai eu simplement de la chance que tes parents m'accueillent. Sans eux, qui sait comment j'aurais tourné ?

Elle se redressa sur un coude pour le dévisager.

— Tu t'en serais sorti tout seul. Parce que c'est en toi. Je côtoie sans cesse des gamins qui viennent de familles à problèmes. C'est très difficile de briser le cycle infernal, et ils sont nombreux à reproduire les mêmes erreurs. Mais toi, tu as tenu bon, juste par la volonté. C'est admirable. Je suis très fière de toi.

— Tu es si généreuse, Maria. Si pure. Qu'est-ce que tu fiches avec un type comme moi !

— Tu es beau, doux, tu me fais rire et tu es fabuleux au lit.

Il se pencha vers elle en riant avant de l'embrasser.

Elle recula, le nez plissé.

— Tu sens le whisky et la cigarette.

— Désolé. Je n'avais pas fumé depuis l'université. Je me sentais nostalgique, ce soir.

Il esquissa le mouvement de se lever.

— Tu as une brosse à dents ?

Elle le retint d'un geste.

— Reste là. Tu me plais comme tu es.

Elle l'enlaça et l'attira à elle. Il se raidit comme si ce geste d'affection lui faisait mal. Elle déboutonna sa chemise et suivit du bout du doigt les motifs à l'encre grise qui couvraient son torse. Il était si sexy.

— Est-ce que tu sais pourquoi je suis venu vivre avec vous ? dit-il après un long silence.

Elle secoua la tête.

— Je ne me rappelle pas vraiment. Je n'avais que deux ans, à l'époque. J'ai posé la question quand j'étais un peu plus âgée et que mes parents m'ont expliqué que tu allais rester. J'ai appris plus tard que ta mère était morte et que ton père était en prison. Mais personne ne m'a dit ce qui s'était passé.

— Mes parents étaient des junkies qui passaient leur temps à se défoncer, à se battre et à faire la manche pour obtenir leur dose. Une nuit, une de leurs disputes a dégénéré.

Mon père a poussé ma mère dans l'escalier. Elle s'est brisé la nuque dans sa chute. Ensuite, il est parti chercher sa came en me laissant là. J'avais huit ans. Je suis resté toute la nuit près du corps de ma mère. Au matin, la police a fait irruption. Mon père avait été arrêté alors qu'il tentait d'entrer par effraction dans une supérette. Il a avoué aux flics qu'il avait tué sa femme. Ils ont été abasourdis de me trouver là. Il ne leur avait pas parlé de moi.

— Oh mon Dieu, Alex…

Les larmes montèrent aux yeux de Maria. Elle pleurait sur l'homme qu'il était aujourd'hui, sur le petit garçon qui avait vécu un traumatisme épouvantable et avait souffert sans rien dire à personne. Que serait-il devenu si ses propres parents ne l'avaient pas recueilli ? Il avait travaillé dur à l'école et au lycée, et il avait réussi à décrocher une bourse pour aller à l'université. Aujourd'hui il avait trente-deux ans et, malgré tout ce qu'il avait vécu, il avait réussi sa vie. Il avait des amis chers, il pouvait compter sur l'affection des Martinez. Mais personne ne prenait soin de lui.

— Tes parents ont eu la générosité de m'offrir un foyer. Ils m'ont sauvé la vie. Sans eux j'aurais été placé de foyer en foyer. C'est pour ça que j'ai honte de les trahir en couchant avec toi.

— Ma famille t'aime. Nous n'imaginons pas notre vie sans toi.

— Mais je suis lucide. Je sais qu'il s'en est fallu d'un rien que je devienne comme mes parents. J'ai eu de la chance.

— Tu as travaillé dur. Tu as mérité tout ce que tu as obtenu.

Il lui caressa les cheveux.

— Quand j'ai rencontré ces gosses au centre social… J'ai eu l'impression de me revoir à leur âge. Merci de m'avoir emmené là-bas. Je sais ce que ces gamins traversent. The Brotherhood a une fondation, mais tu as raison, je suis resté trop longtemps à l'écart du monde réel. Je voudrais m'impliquer davantage.

Elle leva vers lui un regard brillant de joie.

— Tu ne pouvais pas me faire plus plaisir ! Tu sais, ils ont beaucoup apprécié ta présence. Ils parlent tout le temps de leur copain Alex.

Il se pencha pour l'embrasser. Son baiser était doux, mais il brûlait de la même passion qu'à son habitude. Il recula. Il avait une réunion demain à la première heure. Il devait rentrer chez lui et se doucher. Mais il ne parvenait pas à partir. Il avait de plus en plus de mal à quitter Maria.

C'était un sentiment nouveau pour lui. Avec les femmes, il avait toujours été versatile. Mais avec Maria c'était différent. Il ne supportait pas d'être séparé d'elle. Son absence était une souffrance physique. Cela le troublait et le déstabilisait. Maria avait pris une place énorme dans sa vie, et une partie de lui-même trouvait cela terrifiant.

Ils restèrent blottis l'un contre l'autre sans bouger pendant un moment. À quoi pensait-elle maintenant qu'elle connaissait son passé ? Il n'avait jamais parlé à personne des circonstances qui l'avaient conduit chez les Martinez. Seuls Raf et ses parents étaient au courant. Il garda le silence, les lèvres serrées. Maria posa doucement la main sur sa joue, captant son attention. Il tourna la tête pour la regarder.

Elle se blottit à califourchon sur lui et laissa ses doigts descendre le long de son torse jusqu'à la boucle de sa ceinture.

— Qu'est-ce que tu fais ? demanda-t-il en la dévisageant.

— Tu mérites d'être aimé, choyé. Je veux que tu le saches. Et je veux apaiser tes souffrances.

— Je ne souffre pas vraiment en ce moment.

Elle se pencha sur lui et approcha ses lèvres de son oreille.

— Je veux te goûter, Alex, chuchota-t-elle d'une voix rauque de désir.

Elle releva la tête et le regarda dans les yeux tout en déboutonnant son pantalon.

— Est-ce que tu es trop ivre pour ça ?

— Je ne suis jamais trop ivre pour toi. Mais tu n'as pas besoin de faire ça, Maria.

— Je le veux.

Elle lui retira son pantalon en même temps que son boxer. Il ne la quitta pas des yeux. Il ne voulait pas manquer une seule seconde. Son sexe bandé était dressé. Elle le saisit entre ses doigts, s'inclina et le lécha sur toute la longueur avant de happer son extrémité entre ses lèvres.

Il gémit, et elle le prit dans sa bouche. Il redressa la tête pour la regarder pendant qu'elle effectuait de lents va-et-vient, résistant à l'envie de soulever les hanches pour aller au-devant d'elle. Il avait la respiration rauque à force de se contrôler.

Elle recula avec une lenteur torturante, jusqu'à ce que ses lèvres pleines et douces enserrent seulement la pointe gonflée de son sexe. Quand elle la titilla de la langue, il se mit à trembler.

Elle leva la tête en souriant.

— Tu sais, Alex, je n'ai jamais mis autant de sentiments dans une fellation. D'habitude, c'est simplement un préliminaire. Mais avec toi…

Elle lécha sensuellement la petite plage sensible, sous ses testicules.

— Avec toi, ça me plaît.

Elle le lécha de nouveau.

— Te donner du plaisir me fascine. Ta saveur, ton odeur, tes gémissements, la façon dont tu t'abandonnes à moi… Tu me donnes l'impression d'exister vraiment.

Ses mots le bouleversèrent. Dieu, il aimait cette femme. L'évidence lui sauta à la gorge, et il sentit son corps se raidir, sa mâchoire se crisper.

— Détends-toi, Alex. Laisse-toi aller.

Il tendit la main pour lui caresser la joue.

— Pourquoi tu ne viens pas près de moi ?

Elle déposa un baiser sur son sexe et le fit coulisser dans son poing fermé d'un mouvement nonchalant. Il se souleva malgré lui.

— Je veux que tu te détendes. Tu peux faire ça pour moi ?

Son rire étouffé se mua en gémissement.

— Je ne vois pas comment je pourrais être plus détendu.

Comme elle accélérait peu à peu le rythme de sa main, il laissa sa tête retomber sur l'oreiller avec un grondement sourd. Sans s'interrompre, elle le reprit dans sa bouche, et il murmura une approbation, une main sur sa nuque pour lui rappeler qu'elle pouvait arrêter à tout instant.

Mais apparemment elle voulait tout de lui.

Il respira plus vite, les tressaillements de

ses hanches devinrent plus saccadés. Il était tout près de l'orgasme. Il posa les doigts sur sa joue pour essayer de l'éloigner.

— Je vais jouir, Maria.

Elle murmura une approbation et accéléra encore le rythme.

— Maria !

Elle prit tout ce qu'il avait à donner, jusqu'à la dernière goutte, puis rampa sur lui et se blottit dans ses bras.

Il l'embrassa sur le front, et elle sourit en se pelotonnant plus étroitement contre lui. Elle était heureuse, en sécurité. Tendant la main, il éteignit la lampe, plongeant la pièce dans une quasi-obscurité.

— Merci, chuchota-t-il dans le silence.

— Pour quoi ? Pour la fellation trois étoiles ?

Il rit.

— Pour tout. Pour être venue me chercher au bar. Pour me supporter moi et mes conneries. Pour m'avoir écouté. Et pour la fellation trois étoiles, bien sûr.

— Tout le plaisir était pour moi. Merci à toi de m'avoir parlé de ton passé. Je t'écouterai et je supporterai tes conneries aussi souvent que tu en auras besoin. D'accord ?

16

Deux heures plus tard, Alex et Maria étaient toujours enlacés. L'appartement en terrasse d'Alex disposait de tout le luxe dont on pouvait rêver, mais elle aimait qu'il soit là, chez elle, dans sa petite chambre et son lit à une place. Ses pieds dépassaient au bout, mais il n'avait pas l'air de s'en plaindre. Blottie dans ses bras, elle dessina des cercles sur la fine toison de son torse. Elle griffa un mamelon avec son ongle et l'entendit reprendre son souffle.

Ses pensées la ramenèrent en arrière, dans la voiture, quand il lui avait dit qu'il l'aimait. Même s'il avait prononcé ces mots dans un moment de faiblesse et de fatigue, ils l'avaient bouleversée et maintenant encore son cœur battait plus fort à ce souvenir. Elle était amoureuse d'Alex Fischer.

— Je t'aime, Alex, murmura-t-elle dans l'obscurité.

Il ne répondit pas. Elle n'osa pas lever les

yeux vers lui de peur de découvrir du rejet ou de la peur sur son visage et ajouta très vite :

— Ne t'inquiète pas, tu n'es pas obligé de partager mes sentiments. Je veux juste que tu saches ce que je ressens pour toi. Je t'aime.

Il ne dit rien pendant quelques secondes de pure torture. Quand elle trouva le courage de le regarder, elle vit qu'il l'observait.

— On ne me l'avait jamais dit.

Sa réponse la surprit.

— Je sais que tu n'as jamais été amoureux, mais il y a bien dû y avoir des femmes qui t'ont dit qu'elles t'aimaient ?

Il secoua la tête.

— Tu ne comprends pas. *Personne* ne me l'a *jamais* dit.

Elle sentit son cœur se briser et se redressa pour le dévisager.

— Personne ? Oh mon Dieu, Alex. Je t'aime !

Il glissa les doigts dans ses longs cheveux d'un geste empreint d'adoration.

— Tu es merveilleuse. Je ne mérite pas ton amour.

Elle en eut les larmes aux yeux.

— Alex, tu mérites d'être aimé.

Elle prit son visage entre ses mains et le força à le regarder.

— Si tu ne peux pas prononcer les mots, ça ne fait rien. Je comprends.

Il lui sourit.

— Je ne suis pas sûr de savoir aimer. J'ai passé toute ma vie à tenir les gens à distance pour les empêcher de me voir tel que je suis. Je me disais que s'ils découvraient le vrai moi ils me fuiraient.

— Tu m'as montré qui tu es et je n'ai pas du tout l'intention de m'enfuir !

Elle l'embrassa doucement sur les lèvres.

— Ce n'est pas difficile d'aimer quelqu'un, tu sais. Il suffit de laisser ses émotions s'exprimer.

Elle posa la paume de sa main sur sa poitrine là où elle sentait battre son cœur.

— Aimer, c'est partager et non pas se cacher. Tu ne dois pas avoir peur.

— Maria…

Il repoussa ses cheveux en arrière pour dégager la peau douce et ambrée de son épaule.

— Tu as dit que je n'avais pas besoin de prononcer les mots, mais je le veux. Je t'aime.

Elle fut incapable de réprimer le sourire radieux qui fleurit sur ses lèvres. Il venait de lui déclarer son amour, mais il y avait plus encore : elle avait réussi à briser sa carapace. Elle se blottit contre lui et il referma ses bras autour d'elle. Fermant les yeux, elle respira son odeur et se rendit compte qu'elle avait encore sa saveur intime sur sa langue. Elle entendit sa respiration ralentir et devenir régulière.

Levant la tête, elle vit que ses paupières étaient closes. Il dormait. Elle sourit, heureuse. Elle aurait voulu rester ainsi toute sa vie. Fermant les yeux, elle s'endormit à son tour.

17

Installé avec ses amis à leur table habituelle, Alex observait le Paradis à ses pieds. Les clients dansaient, flirtaient, se séduisaient sous les lumières tournoyantes. Le club affichait complet, et des centaines de candidats étaient toujours sur liste d'attente pour obtenir leur précieux sésame. Il secoua la tête avec agacement. Chaque jour écoulé leur faisait perdre des milliers de dollars.

— Il faut accélérer le projet Hedo, dit-il tout haut.

— Ne t'inquiète pas, le rassura Alana. Maintenant que nous avons le permis de construire en bonne et due forme, tout va se mettre en place très vite et on va rattraper notre retard. L'hôtel va pousser comme un champignon, tu verras.

— Espérons-le.

Il se tourna vers ses camarades.

— L'hôtel va être fantastique. Alana a eu des idées géniales.

Les joues de la jeune femme se colorèrent. Alex se réjouissait qu'elle ait eu l'opportunité de déployer toute sa créativité à travers ce projet. Non seulement elle dirigeait le club et les restaurants du groupe avec brio, mais elle possédait en outre un vrai talent de décoratrice d'intérieur qu'elle n'avait pas souvent l'occasion d'exprimer.

— Merci, mais c'est un travail collectif.

— On va créer l'événement, commenta rêveusement Gabe. Il n'y a aucun établissement de ce genre à Las Vegas.

— En tout cas, merci d'avoir permis à Maria de travailler avec vous sur le projet, dit Rafael. Mais vous ne la ménagez pas : j'ai dîné avec elle l'autre soir, elle avait du mal à garder les yeux ouverts.

Alex faillit s'étouffer dans son verre.

— C'est vrai qu'avec Alex c'est toujours du non-stop, acquiesça Alana en le regardant, pince-sans-rire.

Elle était la seule autour de la table à connaître leur secret et en profitait pour s'amuser à ses dépens. Par chance, Rafael ne remarqua pas son petit sourire en coin, tout occupé qu'il était à rédiger un texto sur son portable.

— Dis donc, c'est ton anniversaire dans une semaine, Alex, lança Brett. Tu y as réfléchi ?

Il avait été si occupé qu'il avait presque oublié qu'il aurait trente-trois ans dans huit jours. Il haussa les épaules.

— Non. Pour être honnête, je n'avais pas l'intention de le fêter.

L'espace d'une seconde, il s'imagina, célébrant l'événement en privé avec Maria, nue dans son lit. Le rêve ! Mais ses amis avaient d'autres plans.

— Et si on organisait une soirée ici ! suggéra Alana, les yeux brillants. On pourrait engager des artistes. Inviter tes meilleurs amis.

Ses meilleurs amis étaient assis autour de cette table. Il ne manquait que Maria.

— Non, merci. Je préfère une réunion tranquille, entre nous. Allons dîner dans l'un de nos restaurants si vous voulez.

— Depuis quand t'es-tu transformé en grand-père ? railla Brett. Tu es toujours le premier à faire la fête, d'habitude !

— Allez, ce sera amusant, implora Alana.

Il réalisa brusquement qu'ils avaient tous besoin d'un break, y compris lui. Ils travaillaient comme des forçats, du matin au soir. Son anniversaire leur offrait l'occasion de relâcher un peu la pression.

— D'accord.

— Génial !

Ils se mirent tous à parler en même temps. Alana commençait à noter des idées sur une feuille de papier quand l'attention d'Alex fut distraite par l'arrivée d'un texto. Maria lui envoyait une photo. Elle n'avait rien d'érotique, c'était juste une image d'elle dans son appartement. Il lut :

Tu me manques.

Elle lui manquait à lui aussi. Terriblement. Il leva les yeux vers Brett et Raf, assis aux côtés de la femme qu'ils aimaient. Ils se souriaient, se parlaient à l'oreille. Il voulait que Maria soit là, près de lui. Il voulait se montrer avec elle, l'embrasser chaque fois qu'il en avait envie. Il voulait que tout le monde sache qu'ils s'aimaient. Il était temps de dire la vérité. Mais pas avant d'en avoir parlé avec Maria. C'était une décision qu'ils devaient prendre ensemble.

— Quel genre de robe cherches-tu ? demanda Beth comme Maria et elle examinaient les toilettes accrochées sur les portants.

— Le genre qui rendra Alex complètement fou.

Hier soir, il était venu la voir et il lui avait

annoncé qu'ils allaient donner une fête au Paradis Terrestre pour son anniversaire.

— Je n'arrive pas à croire que tu n'as rien à te mettre.

— J'ai un tas de tenues parfaites pour aller danser en boîte, mais rien pour fêter l'anniversaire de mon amant secret dans un club libertin.

Elle voulait que sa robe ne soit pas simplement sexy mais dévastatrice. Une bombe atomique.

Beth rit tout en continuant à passer les cintres en revue.

— Je suis sûre qu'il te trouverait à tomber même si tu débarquais habillée d'un sac à pommes de terre.

— Je ne veux pas tenter l'expérience.

Beth poussa un cri.

— Je crois que j'ai trouvé ! dit-elle en décrochant une robe en soie rose et or.

— Montre ?

Maria la prit des mains de son amie. Elle avait raison. C'était *la* robe.

— Génial !

Elle regarda l'étiquette du prix.

— Oups.

Elle n'avait jamais dépensé une telle somme pour un morceau de tissu.

— Tu veux le rendre fou ou pas ? insista Beth. Fais-toi plaisir. Et fais-lui plaisir…

Maria caressa la soie avec un soupir. Elle était douce, vivante, sensuelle, plus osée que tout ce qu'elle avait jamais porté.

— Bon. Je vais l'essayer.

Beth la suivit dans la cabine. Elles n'avaient aucune gêne à se déshabiller l'une devant l'autre. Elle se débarrassa rapidement de son T-shirt et de son jean, puis enfila la robe par la tête. Elle était ajustée, en soie très fine avec un décolleté très échancré. Impossible de porter un soutien-gorge. Mais la soie était douce et fraîche, et elle faisait se dresser la pointe de ses seins. Ignorant le petit sifflement admiratif de son amie, elle se regarda dans le miroir. Le tissu glissait sur son corps comme de l'eau. De fines bretelles laissaient ses épaules nues tout en retenant un décolleté très plongeant. Une fente découvrait à chaque mouvement sa cuisse gauche presque jusqu'à la taille. C'était une robe totalement scandaleuse.

Quand elle se retourna, elle vit que son amie avait la bouche ouverte.

— Elle est… parfaite.

Maria fit de nouveau face au miroir. La soie était aussi impalpable qu'un nuage sur sa peau. Beth avait raison, elle était parfaite.

— Il va en saliver, affirma Beth.

— Du moment que ce n'est pas sur la robe,

soupira-t-elle en manipulant l'étiquette du prix, aussi indécent que le vêtement.

Beth évacua le problème d'un geste péremptoire.

— À quoi te sert d'avoir un boulot bien payé si tu ne peux pas t'offrir une petite folie de temps en temps ?

— Mais c'est son anniversaire, pas le mien, rectifia-t-elle en regardant son amie dans la glace.

— Et la soirée a lieu dans son club. Si tu n'es pas une déesse du sexe dans un club libertin, je ne vois pas où tu pourras l'être.

— Ce n'est pas faux.

Elle savait que le Paradis Terrestre avait un *dress code* plus formel, mais il s'agissait d'une soirée privée et Alana l'avait prévenue que l'ambiance serait torride.

— Rafa sera présent. Il risque d'avoir une attaque en me voyant.

— Il comprendra peut-être enfin que tu es une femme sexy et belle, et pas juste sa petite sœur.

— Je n'en mettrais pas ma main au feu, dit-elle avec un sourire amusé.

Elle s'observa une dernière fois dans la glace.

— Tu viens avec moi, c'est toujours convenu ?

— Je ne manquerais cela pour rien au monde ! J'aime bien Alex et je meurs d'envie d'entrer dans ce fameux club ! C'est mon fantasme depuis des années.

Maria se retourna et vérifia à quoi ressemblait la robe vue de dos. Elle était aussi parfaite que de face. Son sourire retomba.

— Qu'est-ce qu'il y a ? demanda Beth.

— Je me dis qu'Alex et moi formerons un très beau couple à cette soirée. Moi dans cette robe, lui comme il sera. Mais nous ne pourrons pas nous afficher ensemble. Ni même nous embrasser ou nous toucher.

Elle haussa les épaules.

— J'aimerais pouvoir l'aimer au grand jour.

— Alex a peur de le dire à Rafael ?

Maria secoua la tête.

— Il n'a pas peur même s'il sait qu'il lui fera passer un sale quart d'heure quand il apprendra notre liaison. Mais il ne veut pas perturber Rafa dans les préparatifs de sa campagne. Je sais qu'il a raison. Mais c'est tellement frustrant, parfois !

— Ça te peine ?

— Un peu, oui. Je l'aime. Et je déteste mentir à mon frère. Mais je ne veux pas obliger Alex à faire quelque chose contre sa volonté. C'est pour cette raison que nous gardons le secret.

— Tu lui as dit tout ça ?

— Non.

— Pourquoi ?

— Parce que au fond de moi j'aime ce mystère. Nous retrouver en cachette, voler quelques instants d'intimité quand personne ne nous voit, c'est très excitant. Pour l'instant, je m'en contente. Et puis je ne veux pas être un poids pour lui. Il a déjà une telle charge avec ce projet d'hôtel.

— En fait, le danger ajoute du piment à votre relation.

Elle sourit.

— Oui. Et cela me suffit. Pour le moment.

Elle se regarda de nouveau dans la glace. Elle n'avait jamais rien porté d'aussi sexy et elle savait qu'Alex allait adorer cette robe.

Elle pivota vers Beth.

— Je file l'acheter avant de changer d'avis.

Elle se rhabilla et paya son achat à la caisse, grinçant un peu des dents en glissant sa carte bancaire dans l'appareil. En sortant de la galerie marchande, elles remontèrent Las Vegas Boulevard, se frayant tant bien que mal un chemin parmi les touristes qui faisaient du shopping, s'extasiant devant les vitrines des grands couturiers, dépensant joyeusement leurs gains du casino.

Maria venait de se ruiner en un seul achat mais, en passant devant l'enseigne Agent Provocateur, une boutique spécialisée dans la lingerie coquine, elle fut incapable de résister.

Il fallait qu'elle jette au moins un coup d'œil à l'intérieur !

Elles pouffèrent comme des gamines devant les sous-vêtements arachnéens. Maria décrocha un body en dentelle transparente.

— Et si je portais ça sous ma nouvelle robe ?

— Le mieux c'est de ne rien porter du tout.

— Tu as raison. Et ce n'est pas Alex qui s'en plaindra !

Elle se retourna pour raccrocher le sous-vêtement sur sa tringle et tomba nez à nez avec Rafael et Jessica. Son sourire s'effaça.

Il avait une expression sévère, mais elle n'aurait su dire si c'était parce qu'elle venait implicitement d'avouer qu'elle couchait avec son meilleur ami ou parce qu'il surprenait sa petite sœur dans un magasin de lingerie coquine.

Elle sentit le sang se retirer de son visage.

— Oh ! salut.

— Tu fais des courses ?

— Oui, je voulais une robe pour l'anniversaire d'Alex, expliqua-t-elle en guettant sa réaction.

L'avait-il entendue ou pas ?

Jessica regarda le sac de shopping qu'elle tenait à la main.

— J'ai hâte de la voir !

— Il faut qu'on y aille, grommela Rafael en

montrant du menton la poignée d'articles en fine dentelle que Jessica serrait dans ses mains.

— Pressé d'essayer les emplettes à la maison, Rafael ? le taquina Beth en s'approchant.

— Rafa est un grand impatient, acquiesça Jessica avec un rire. Il vient de faire installer une barre de pole dance dans son appartement.

Elle leur décocha un clin d'œil.

— J'ai hâte de la tester.

Avant d'être élue maire, Jessica avait fait carrière comme danseuse strip-teaseuse. Elle avait même gagné des concours de pole dance.

— Tu veux dire *notre* appartement, rectifia-t-il tendrement.

Maria sourit en voyant l'amour rayonner dans les yeux de son frère. Alex avait la même expression quand il la regardait. De nouveau, le regret lui noua la gorge, et elle fut attristée de ne pas pouvoir clamer son amour au grand jour.

— À plus tard, dit Rafael en glissant son bras sous celui de Jessica pour l'entraîner doucement mais fermement vers la caisse.

Il semblait très pressé de ramener sa fiancée à la maison.

— Bonne fin de journée, lança Maria en gagnant la sortie du magasin. On se voit demain, à la soirée d'anniversaire.

Beth la rejoignit dehors, le regard anxieux.

— Tu crois qu'il t'a entendue parler d'Alex ?

— Aucune idée.

Elle regarda par-dessus son épaule et vit que Rafael l'observait. L'étau se resserrait. Alex et elle allaient devoir prendre une décision avant que la situation ne leur échappe.

18

Alex boutonna sa chemise devant le miroir de sa chambre. Un sourire flotta sur ses lèvres à la vue des marques de griffures sur son torse. Il adorait cette facette sombre de Maria. On la croyait réservée, mais dans l'intimité elle se révélait audacieuse et passionnée.

Il se retourna en l'entendant toussoter derrière lui et retint son souffle. Sa robe en soie rose et or mettait en lumière sa peau mate et soulignait chacune de ses courbes magnifiques. La pointe de ses seins affleurait sous le tissu, attestant qu'elle ne portait pas de soutien-gorge. Des escarpins dorés à talons aiguilles ajoutaient une touche de glamour supplémentaire à cette vision de rêve, et dans un flash, il la vit sous lui, les jambes enroulées autour de ses reins, enfonçant ses talons dans ses fesses pendant qu'il allait et venait en elle.

Il déglutit.

— Tu es… sublime.

— Tu aimes ma robe ?

— Ce n'est rien de le dire.

Il avança vers elle.

— Tu crois vraiment que je vais te laisser sortir d'ici dans cette tenue ?

— Tu crois vraiment que je vais te demander la permission ?

Il rit et se détourna pour prendre un minuscule sac sur sa commode.

— Je ne sais pas comment je vais résister à l'envie de te renverser sur la table devant tout le monde ce soir. Mais, puisque tu as choisi de me torturer, je suis heureux de t'avoir acheté ceci.

— Tu m'offres un cadeau le jour de ton anniversaire ?

— C'est un peu pour moi aussi, avoua-t-il avec un clin d'œil.

Elle ouvrit le sac, plongea la main à l'intérieur. Il sourit quand elle en sortit une poignée de dentelle.

— Qu'est-ce que c'est ?

Elle leva la fine culotte et écarquilla les yeux en découvrant que les deux triangles de tissu ajouré étaient reliés l'un à l'autre par une rangée de perles.

Il l'avait achetée dans un sex-shop en rentrant du travail. À chaque pas, chaque mouvement, elle sentirait la douce pression des perles et elle penserait à lui.

— Je veux que tu la portes ce soir.

— Et si j'avais pris la décision de ne pas mettre de culotte du tout ?

Elle releva sa robe plus haut que sa hanche, dévoilant son tatouage mais pas son intimité, le taquinant en ne lui montrant rien d'autre que de la peau douce et dorée.

Il serra les dents. Pourquoi avait-il accepté comme un imbécile de fêter son anniversaire au Paradis Terrestre ? Il ne voulait qu'une seule chose : s'enfermer avec elle dans sa chambre et lui faire l'amour toute la nuit.

Il la rejoignit et lui caressa la hanche sous la robe. Le tissu était incroyablement doux, mais ce n'était rien comparé au velours de sa peau.

— On est vraiment obligés de sortir ? demanda-t-il d'une voix rauque en enfouissant son visage dans son cou.

— J'imagine mal la soirée d'anniversaire en l'absence du principal intéressé, répondit-elle. Ne te plains pas, ce n'est que l'affaire d'une heure ou deux. Et c'est moi qui vais porter ceci.

Elle enfila le sous-vêtement en dentelle et esquissa un sourire coquin quand elle l'ajusta et que les perles se nichèrent contre son clitoris.

— Voilà le marché, annonça-t-elle d'une voix suave. Je porte ton cadeau toute la soirée, mais en contrepartie tu n'as pas le droit de me toucher.

Il fronça les sourcils, ébaucha un geste pour l'enlacer, mais elle lui échappa.

— Je n'ai pas l'habitude de recevoir des ordres, dit-il.

Elle sourit.

— Je sais. Mais je suis différente.

— Oh oui, tu l'es…

Il regrettait de ne pas arriver avec elle à la soirée. Son chauffeur le déposerait au club puis emmènerait Maria chercher Beth, et elles le rejoindraient plus tard. Cette situation lui était devenue insupportable. Il voulait se montrer fièrement avec elle. À plusieurs reprises cette semaine, il avait failli tout dire à Rafael, mais à chaque fois il s'était produit quelque chose qui l'en avait empêché à la dernière minute.

Il glissa ses mains sous sa robe et saisit délicatement la bride qui maintenait de chaque côté les deux triangles de dentelle sur ses hanches. Puis il les remonta d'un geste sec, lui tirant un petit cri tandis que les perles venaient se loger plus intimement en elle. Le désir assombrit ses yeux bruns quand il fit coulisser la culotte d'avant en arrière, excitant le bourgeon de chair sensible.

Approchant sa bouche de son oreille, il chuchota :

— Ce soir, à chacun de tes mouvements, je t'observerai. Je saurai exactement ce que tu ressens et tu pourras te dire que ce n'est qu'un avant-goût de ce qui t'attend quand nous serons de retour à la maison.

Il tira de nouveau sur la dentelle et elle gémit tout bas. Puis il recula et la laissa se rajuster.

— Allons-y. Plus vite nous partons, plus vite nous serons rentrés.

Elle hocha la tête et se blottit contre lui, les paupières closes, comme si elle voulait profiter de ces derniers instants d'intimité avant de devoir se séparer de lui.

— J'ai une requête, dit-il.

Elle ouvrit les yeux, surprise par le sérieux de sa voix.

— Laquelle ?

— J'en ai assez de me cacher. Je veux tout dire à Rafael.

— Mais que fais-tu des raisons pour lesquelles nous voulions garder le secret ?

— Au diable ces raisons ! Tu comptes plus que tout pour moi. Je t'aime.

Il adorait prononcer ces trois mots. Ils lui venaient chaque fois un peu plus spontanément. Même s'il n'avait jamais connu l'amour avant aujourd'hui, il savait que Maria était la personne la plus importante de sa vie. Elle l'avait sauvé de lui-même.

— Je t'aime aussi. Et je suis prête. Je ne sais pas pourquoi j'ai pensé que nous avions besoin de nous cacher.

— Tu es la meilleure chose qui me soit jamais arrivée. Je sais que je ne te mérite pas, mais je veux pouvoir sortir avec toi au grand jour, présenter à mes amis la femme que j'aime.

Il la prit dans ses bras.

— Même si Raf ne doit plus jamais m'adresser la parole, cela en vaut la peine. Nous avons le droit de nous aimer.

Maria sourit, et il réalisa qu'il voulait la voir sourire tous les jours de sa vie.

— Je t'aime, souffla-t-il en prenant son visage dans ses mains.

Il effleura ses lèvres des siennes et entendit son téléphone vibrer sur la commode. Son chauffeur qui lui signalait son arrivée.

— Allons-y.

Son frère était l'un de propriétaires du club, et Alana l'avait ajoutée à la liste des invités permanents. Mais malgré cela Maria n'était venue qu'une seule fois au Paradis Terrestre. Cette unique nuit était pourtant gravée à jamais dans sa mémoire. C'était celle où Alex et elle étaient devenus amants. La nuit qui avait marqué le début de la relation la plus extraordinaire de sa vie. L'attirance entre eux avait été électrique, si forte qu'elle avait failli les détruire. Mais leur amour en était ressorti plus fort.

Elle entra dans le club avec Beth, laissa son manteau au vestiaire, prit une coupe de champagne sur un plateau et constata que l'ambiance était très différente de la dernière fois. La musique était plus forte. L'un des DJ les plus en vue du moment était aux platines et un hip-hop endiablé résonnait dans les haut-parleurs. Des artistes se livraient à des chorégraphies sensuelles sur des scènes tournantes. En l'honneur d'Alex, le Paradis Terrestre s'était mué en l'un des night-clubs les plus torrides de la planète.

Une main se posa sur son épaule. Elle se retourna et se retrouva face à son frère.

— Je n'imagine même pas ce que papa et maman penseraient s'ils te voyaient dans cette tenue !

Elle lui sourit innocemment.

— Tu n'aimes pas ma robe ?

— Je n'appelle pas ça une robe !

— Alors c'est une bonne chose que maman, papa, et le père Carlos ne soient pas là.

La rangée de perles transformait chacun de ses mouvements en une délicieuse torture.

Un sourire fleurit malgré elle sur ses lèvres. Encore un secret qui l'unissait à Alex.

— Depuis que tu travailles pour Brett et Alex, on ne te voit plus, bougonna Rafael. Comment se passe ton boulot ?

— Très bien. J'apprends un tas de choses et c'est une expérience très intéressante. Je ne peux malheureusement plus me consacrer autant que je le voudrais à mon activité au centre, mais il faut bien que je paie mes factures.

Elle fit passer le poids de son corps sur l'autre jambe, et les perles se pressèrent sur son intimité, lui arrachant un tressaillement. Elle se mordit la lèvre pour retenir un gémissement.

— Tu n'aurais rien à payer si tu revenais habiter chez papa et maman. Ou avec Jess et moi.

— Quelle bonne idée. Je suis sûre que vous seriez ravis de me voir débarquer !

— Je n'aime pas le quartier où tu vis.

— Tu t'inquiètes pour rien.

Il ne pouvait pas le deviner, mais elle n'y faisait plus que de rares apparitions. Elle dormait presque toutes les nuits dans l'appartement d'Alex.

— Si c'était dangereux, je n'y resterais pas.

Ses pensées la ramenèrent vers Alex. Leur relation était le seul vrai danger auquel elle s'exposait. Si quelqu'un pouvait lui faire du mal, lui briser le cœur, c'était lui. Elle l'aimait trop. Il tenait sa vie, son bonheur, entre ses mains. Un mouvement trop brusque ou maladroit et…

Par-dessus l'épaule de Rafael, elle le vit passer d'un invité à un autre. Ses cheveux blonds captaient la lumière. Il était si sûr de lui, si autoritaire, si attirant. Une femme l'enlaça par le cou et lui chuchota quelque chose à l'oreille. Elle sentit l'aiguillon de la jalousie la transpercer et continua à les fixer jusqu'à ce qu'il se dégage poliment et mette clairement de la distance entre eux. Détournant les yeux avec un petit soupir, elle réalisa tout à coup qu'elle n'avait pas écouté un seul mot de ce que lui disait son frère.

— … Jusqu'au mariage, au moins, conclut-il.

— Excuse-moi, tu me parlais ?

Il regarda la coupe de champagne vide qu'elle tenait à la main.

— Tu as bu combien de verres ?

— Pas assez, intervint Beth en les rejoignant, une coupe pleine dans chaque main.

Elle en donna une à Maria, et elles trinquèrent en souriant.

— Vous vous amusez ?

Alex surgit derrière elles et passa un bras autour de leurs épaules.

Maria réussit à ne pas broncher quand il fit

glisser sa main le long de son dos dans une caresse intime. C'était un geste possessif, une façon d'affirmer qu'elle lui appartenait sans que personne n'en sache rien. Il la taquinait, la torturait, et à chaque mouvement les perles plantaient dans sa chair des aiguilles de plaisir. Elle contracta les cuisses et sentit la pression devenir insoutenable. Elle n'allait jamais pouvoir tenir toute la soirée.

Elle observa Alex entre ses cils et vit qu'il la regardait. Son souffle s'accéléra. Leur liaison secrète était toujours aussi excitante. Ils partageaient quelque chose qui n'appartenait qu'à eux. Même si ce soir ils allaient révéler leur amour au grand jour.

— Et si nous allions nous asseoir ? demanda-t-il en montrant leur table habituelle.

Elle aimait la façon dont il lui faisait l'amour, mais ce qui l'excitait plus que tout, c'était le fruit défendu, le frisson du danger, l'imprévu. Et Alex excellait dans ce domaine. Il l'avait piégée avec son cadeau et il ne perdait rien pour attendre. Elle avait elle aussi les moyens de le torturer à petit feu.

Alana, Gabe, Brett et Rebecca prirent place avec eux autour de la table. Elle s'assit, et la pression des perles sur son clitoris à vif faillit la faire craquer. Elle serra les dents tandis qu'Alex s'installait près d'elle. Tout le monde bavardait. Alex posa nonchalamment la main sur sa cuisse, sous la table, et dessina des arabesques sur sa peau brûlante. Elle lui avait interdit de la toucher, mais elle aurait dû se douter qu'il n'en ferait qu'à sa tête – pour son plus grand plaisir. Elle retint son souffle, incapable de se concentrer sur autre chose que sur les battements fous de son cœur.

Elle but une gorgée du vin qu'on venait de lui servir et essaya de garder contenance tandis que les perles continuaient à la tourmenter. Elle était trempée de désir. Respirant profondément, elle regarda les invités. Ils discutaient sans se douter qu'Alex était en train de lui caresser l'intérieur de la cuisse, de plus en plus haut. Elle se leva brusquement de table, incapable de tenir plus longtemps. Le mouvement faillit avoir raison de son contrôle.

— Si vous voulez bien m'excuser un instant.

Un sourire figé aux lèvres, elle se dirigea vers les toilettes des dames. Elle faisait tout son possible pour marcher paisiblement, mais les perles roulaient contre son clitoris à chaque pas et elle devait se mordre les lèvres pour ne pas crier.

Elle ferma la porte derrière elle et ouvrit le robinet pour se passer les poignets sous l'eau froide. Alex entra à ce moment-là.

— Qu'est-ce que tu fais ici ?

— Je t'ai suivie, dit-il comme si cela répondait à sa question.

Il poussa le verrou, la rejoignit en deux enjambées et posa les mains sur sa taille.

— Ils vont se demander où nous sommes partis tous les deux.

— On trouvera une explication, murmura-t-il contre sa gorge, répétant ce qu'elle lui avait dit quand ils s'étaient éclipsés chez ses parents. D'ailleurs, tout le monde a plus ou moins déserté la table. Beth a trouvé un garçon au bar et discute avec lui. On ne se rendra même pas compte que nous sommes partis.

Il la fit pirouetter et la courba en avant sur le comptoir.

— Cette foutue robe, souffla-t-il en lui caressant les fesses à travers le tissu. Tu as une idée de la torture que tu m'infliges ce soir ? Elle souligne toutes tes courbes de rêve. Tout ce que j'adore.

— Je l'ai achetée pour ça, haleta-t-elle. Je savais qu'elle te rendrait fou.

— Mission accomplie.

Il releva sa robe jusqu'à la taille, dévoilant la culotte de dentelle qui montait haut sur ses fesses. Il fit glisser son index sur la rangée de perles et, quand il les pressa contre son anus, elle laissa échapper un gémissement.

— Tu aimes ? demanda-t-il d'une voix rauque.

Elle hocha la tête, incapable de former un mot.

Il pressa davantage, lui tirant un cri d'extase.

Il glissa la main entre ses jambes pour prendre en coupe sa chair brûlante. Ses doigts dansèrent le long de sa fente, jouant avec les perles, envoyant des étincelles de plaisir dans tout son corps.

Les bras de Maria tremblèrent tandis qu'elle s'agrippait au comptoir. Elle suffoquait de désir. Alex tortura sa chair brûlante et, au moment où elle se disait qu'elle n'allait pas pouvoir tenir plus longtemps, il saisit les perles et les tira d'un geste brusque. Elles écrasèrent son clitoris gonflé et un orgasme époustouflant la transperça.

— Maria, je te veux comme un fou, murmura-t-il.

Comme les spasmes de son plaisir refluaient peu à peu, il baissa les brides de sa robe, fit glisser la soie sur sa poitrine et poussa le tissu jusqu'à sa taille. Attrapant ses seins par-derrière, il les pétrit, pinçant la pointe douloureusement dressée entre ses doigts.

— Je veux jouir en toi. Te baiser jusqu'à ce que tu cries grâce.

Il se poussa contre elle avec un grondement, son torse dur pressé contre son dos dénudé. Le timbre rauque de sa voix faisait vibrer en elle une corde enfouie au plus profond de son être. Elle sentit les vagues du désir prendre naissance au creux de son ventre et gagner tous ses membres jusqu'à ce qu'elle sente son sexe se presser contre ses fesses à travers son pantalon.

— Mais ce sera pour plus tard. En attendant, je vais me contenter de ça.

Elle le regarda dans le miroir tandis qu'il dégrafait sa ceinture et ouvrait sa braguette. Il sortit son sexe dressé, énorme, le couvrit d'un préservatif. Dans la seconde qui suivit il était en elle.

Elle cria, et il la bâillonna de sa main tandis qu'il allait et venait en elle. Il l'empoigna par les hanches, enfonçant douloureusement ses doigts dans sa peau délicate, mais elle ne se plaignit pas. Elle voulait qu'il soit brutal, exigeant et doux à la fois. Elle se contracta autour de lui, comme il aimait qu'elle le fasse. Leurs yeux se soudèrent dans le miroir et il accéléra le rythme. Elle allait au-devant de ses coups de boutoir. Ses seins tressautaient à chaque secousse. Il les prit dans ses paumes, pinçant et caressant ses mamelons gonflés. C'était trop intense, et elle fut une nouvelle fois incapable de résister. Un nouvel orgasme la transperça, si spectaculaire qu'elle ne put s'empêcher de crier. S'il y avait quelqu'un dans le couloir, il était impossible qu'on ne l'ait pas entendue.

Son orgasme palpita autour du sexe d'Alex, et il jouit à son tour avec un cri sourd, les dents serrées. Il resta enfoui en elle jusqu'à ce qu'elle cesse de trembler et reprenne pied dans l'instant présent. Puis il desserra l'étau de ses doigts sur ses hanches et se redressa.

Elle en fit autant, rajustant sa robe. Alex jeta le préservatif dans la poubelle et referma sa braguette.

— Joyeux anniversaire, souffla-t-elle d'une voix haletante en remontant les bretelles de sa robe sur ses épaules.

Il sourit et l'attira à lui.

— C'est le plus beau cadeau qu'on m'ait jamais offert, murmura-t-il contre sa bouche. Et si nous allions voir Rafael pour tout lui dire ?

Elle hocha la tête.

— Allons-y.

Elle ouvrit la porte et lui prit la main pour l'entraîner, mais il avait une autre idée en tête. Il saisit son visage entre ses mains et l'embrassa, la poussant contre le mur du couloir. Elle s'abandonna avec un soupir. Elle aimait les baisers d'Alex. La douceur de ses lèvres contrastait avec la rudesse de sa barbe naissante. Elle succombait à chaque fois à leur séduction, oubliant tout ce qui l'entourait.

La réalité reprit brutalement ses droits quand un cri furieux claqua derrière eux :

— Nom de Dieu !

19

Merde. Alex se retourna. Rafael les fixait du regard, livide. Jessica le tenait par le bras comme pour l'empêcher de bondir.

— Raf, ce n'est pas ce que tu crois, dit-il d'un ton apaisant.

— Tu te fiches de moi ? gronda Rafael en serrant les poings.

— Rafa, calme-toi, dit Maria en essayant de s'interposer.

Alex la retint d'un geste. Il était hors de question qu'elle s'expose à la colère de son frère. Rafael était incapable de faire du mal à sa sœur, il le savait, mais l'affrontement s'annonçait houleux.

— Qu'est-ce que tu fricotes avec ma sœur ? siffla Rafael. Et ne dis pas « rien », je vous ai vus ! Tu étais en train de l'embrasser !

Ils se tenaient tous les quatre dans le couloir des toilettes. Par chance, il n'y avait personne d'autre mais, si la scène se prolongeait ou si le ton montait, quelqu'un allait venir voir ce qui se passait, à coup sûr.

— Ne le prends pas comme ça, dit Maria. Je vais t'expliquer.

— Maria, reste en dehors de ça, c'est entre Alex et moi, martela Rafael, les mâchoires serrées.

— Je sais que c'est un choc pour toi, acquiesça Alex d'une voix apaisante. Et que les apparences sont contre nous, mais…

— Tu baises avec ma sœur ?

Son poing partit si vite qu'Alex n'eut pas le temps de l'éviter. Il entendit ses oreilles siffler et perçut simultanément le cri horrifié de Maria. Il remua prudemment la mâchoire. Elle n'était pas fracturée. Une chance parce que Rafael l'avait frappé avec toute sa rage.

Alex regarda son meilleur ami. Il mourait d'envie d'en découdre. Mais il ne voulait pas se battre contre lui. Il lui avait fait assez de mal comme ça.

Maria se précipita vers son frère.

— Tu n'es qu'une brute ! cria-t-elle avec colère. Tu ne peux pas discuter normalement au lieu de…

— Ce n'est pas à toi que je parle.

Il l'écarta d'un geste dont il ne mesura pas la force. Elle perdit l'équilibre, et ils réagirent en même temps pour la rattraper. Alex fut le plus rapide. Rafael gronda.

— Lâche-la !

Il l'arracha à l'étreinte d'Alex.

— Ne me touche pas ! s'emporta Maria en se dégageant.

— Je sentais que tu me cachais quelque chose. Mais *lui* ? Bon sang, Maria, tu ne sais pas qui il est ?

— Si, je le sais. Il est l'homme que j'aime !

— Lui ? Alex ?

Il ricana.

— Ce don Juan à la noix, perpétuellement imbibé de bourbon ?

Alex tressaillit. Le coup de poing de Rafael lui avait fait mal, mais ses paroles étaient pires.

Maria foudroya son frère du regard, les joues en feu.

— Ne t'avise plus jamais de parler de lui de cette façon ! Tu ne le connais pas !

— Mais ouvre les yeux, bon sang ! Il saute sur tout ce qui porte une jupe. C'est plus fort que lui. Il lui arrive de baiser avec deux ou trois filles en même temps. Et ensuite il les jette ! Elles ne restent jamais dans sa vie plus d'une nuit ! C'est ça que tu veux ? Être un numéro ?

— Il n'est pas comme ça. Lui et moi nous ne sommes pas comme ça. Alex, dis-le-lui !

— C'est ça, Alex, dis-le-moi, railla Rafael.

Alex les regarda et brusquement il réalisa ce qui était en train de se passer. Raf et Maria se disputaient. À cause de lui. Ils étaient une famille unie, soudée, et il avait trouvé le moyen de les diviser et de les jeter l'un contre l'autre. Rafael avait raison. Il était une nuisance, juste bon à semer la zizanie autour de lui. Il aimait Maria comme un fou, mais c'était parce qu'il l'aimait plus que sa propre vie qu'il devait l'empêcher de faire une bêtise en s'encombrant d'un raté comme lui.

Il prit une respiration.

— Il a raison.

Il vit l'incompréhension et le choc se peindre sur le visage de Maria. Ça le tuait, mais il devait lui rendre sa liberté.

— Tout ce qu'il a dit est vrai. Je me suis amusé avec toi, mais c'est terminé.

— Alex, balbutia-t-elle dans un chuchotement torturé. Qu'est-ce que tu fais ?

— C'est fini nous deux. Va-t'en.

Mieux valait arracher le pansement d'un seul coup. Elle aurait mal pendant un moment, mais elle s'en remettrait et ensuite elle pourrait trouver un homme digne d'elle. Plus elle le détesterait, mieux ce serait.

Elle se figea, et il vit des larmes briller dans ses yeux.

— Mais je t'aime. Et tu as dit que tu m'aimais.

Il la regarda, luttant contre l'envie de la prendre dans ses bras.

— Bébé, tu m'as vraiment cru ?

Rafael fit un pas en avant pour lui casser la figure, mais Jessica le tira en arrière.

Alex lut le désespoir et la confusion dans les yeux de Maria mais ne broncha pas. Il était groggy, anesthésié par la souffrance. Il ne méritait ni Maria ni l'amitié de Rafael. Et maintenant il avait tout détruit. Il devait disparaître de leurs vies.

— Va-t'en, répéta-t-il froidement.

Le grondement dans les oreilles de Maria reflua et devint un bourdonnement sinistre. Elle chercha son souffle. Elle avait du mal à respirer, sa poitrine était écrasée dans un étau.

— Alex, souffla-t-elle d'une voix à peine audible.

Même si elle l'avait voulu, elle n'aurait pas pu parler plus fort.

— Maria, viens, dit Rafael en lui prenant le bras.

Elle se dégagea d'un geste brusque. Un sanglot s'étrangla dans sa gorge.

— Va te faire foutre, Rafa ! cria-t-elle, les

lèvres tremblantes. Et va te faire foutre, Alex ! Tu n'es qu'un lâche !

Pendant quelques secondes électriques, les deux hommes s'affrontèrent du regard, crispés, silencieux. Puis Rafael se détourna et partit sans un mot, Jessica avec lui. Maria regagna le bar en retenant ses larmes. Beth était visiblement sous le charme d'un invité, mais elle comprit qu'il était arrivé quelque chose en voyant Maria approcher.

Elle se précipita vers elle.

— Qu'est-ce qu'il y a ?

— S'il te plaît, on peut partir ?

— Oui, bien sûr.

Comme elles attendaient pour récupérer leurs manteaux, Maria jeta un regard par-dessus son épaule. Un peu plus loin, Jessica parlait à Rafael pour essayer de le calmer. Puis elle aperçut Alex, à l'autre bout de la salle. Il regardait dans sa direction. Il avait l'air terriblement malheureux et seul.

— Attends-moi une seconde, dit-elle à Beth.

Elle se fraya un passage vers Alex à travers la foule. En approchant, elle vit l'hématome qui se formait sur sa mâchoire.

— Maria. Qu'est-ce que tu veux ?

— Tu te rappelles ce que tu m'as dit, la nuit où tu m'as vue danser avec ce garçon dans la boîte de nuit ?

— Maria…

— Ne m'interromps pas ! Tu t'en souviens ? Tu m'as dit que c'était un loser parce qu'il ne s'était pas battu pour me garder.

— Je me souviens, oui.

— Je ne mérite pas ce que tu m'as fait ce soir. J'ai besoin d'un homme qui se battra pour moi. Pour nous. Et plus important encore, qui se battra pour lui.

Il hocha la tête.

— Tu as raison. Tu mérites ce qu'il y a de mieux.

— Je ne veux pas ce qu'il y a de mieux, Alex. Je te veux toi, c'est tout.

— Je suis désolé.

Il détourna les yeux.

— Je ne peux pas.

— J'étais sûre que tu me répondrais ça.

Elle avança et effleura sa joue d'un baiser. Sa peau était humide, mais elle ne savait pas si c'était ses propres larmes ou les siennes.

— Adieu, Alex.

Elle s'éloigna sans un regard en arrière.

— Qu'est-ce qui s'est passé ? demanda Beth.

— Je te le dirai à la maison. Je ne peux pas maintenant.

Sa voix se cassa dans un sanglot. Comme elles s'asseyaient à l'arrière de la voiture, elle prit plusieurs respirations et fondit en larmes sur l'épaule de son amie.

Beth la serra dans ses bras et lui caressa les cheveux en lui murmurant que tout allait s'arranger, que si Alex lui avait fait de la peine, c'était qu'il ne la méritait pas – tout ce qu'une amie était censée dire dans ce genre de situation.

Mais, même si son cœur était dévasté, Maria ne pleurait pas sur ses illusions perdues. Elle pleurait sur Alex. Il l'avait chassée de sa vie non pas parce qu'il ne l'aimait pas, comme il le prétendait. Mais parce qu'il était convaincu de ne pas être digne d'être aimé. Et elle ne savait pas comment réparer l'homme brisé dont elle était tombée amoureuse.

20

Maria hésita puis sonna à la porte de Jessica avant de changer d'avis. Elle n'était pas d'humeur à faire la fête, mais Jess l'avait invitée à sa dernière soirée « en célibataire » avant que la maison soit mise en vente et qu'elle emménage officiellement avec Rafael.

La porte s'ouvrit, et sa future belle-sœur la serra sur son cœur avec chaleur.

— Maria, je suis si contente que tu aies pu venir !

Elle la fit entrer. Maria entendit des rires exclusivement féminins au loin et se sentit soulagée.

— Rafa n'est pas là ?

— Non, il est chez Brett. C'est leur soirée boxe, tu sais ? Il ne voulait pas y aller, mais je l'ai flanqué dehors parce qu'il me tapait sur les nerfs.

Maria se sentait coupable que son désastre sentimental ait impacté tout le monde.

— J'avais un peu peur que ton invitation soit un piège, genre tentative de réconciliation.

— Non, non, ne t'inquiète pas, ici c'est une zone zéro mâle – enfin, si on excepte Ben, mon colocataire.

— Tant mieux. Je n'ai pas envie de voir mon frère en ce moment.

— Je sais. Les hommes peuvent se montrer incroyablement têtus et orgueilleux.

Jessica sourit.

— J'avais senti qu'il se passait quelque chose entre Alex et toi.

— Eh bien maintenant il ne se passe plus rien.

— Tu n'as pas essayé de discuter avec lui ?

— Non. Et cela n'a pas été facile d'aller travailler tous les jours chez Collins/Fischer sans adresser la parole à l'un de mes patrons.

Elle secoua la tête.

— Pour être honnête, je n'ai pas envie d'en parler.

— Pas de problème. On va penser uniquement à s'amuser et à boire des cocktails.

— Ça me va !

Les heures défilèrent à toute vitesse. L'ambiance était joyeuse et détendue, les pichets de sangria et les verres de tequila s'enchaînaient et, très vite, comme toujours, la discussion tourna autour du sexe.

— Et donc, expliqua Jessica, je me suis avancée vers le bureau de Rafael, vêtue d'un trench-coat sans rien en dessous, et…

— Stop ! cria Maria en se bouchant les oreilles d'un geste théâtral. Je ne veux connaître aucun détail sur la vie sexuelle de mon frère ! J'en sais déjà trop !

Elle faisait allusion à la sextape qui avait fuité dans les médias, menaçant de ruiner la carrière politique de Rafael et de Jessica.

Les filles éclatèrent de rire.

Jessica reprit la parole.

— Bref, pour faire court, les filles : quand vous êtes toute nue sous un trench-coat, assurez-vous qu'il ne se prenne pas dans une porte !

Maria s'esclaffa. Elle avait bien fait de venir à la soirée de Jessica, finalement. Beth était absente pour cause de rendez-vous galant, et elle était soulagée de ne pas passer une autre soirée solitaire et sinistre chez elle.

— Et toi, Maria ? demanda Rebecca. Quoi de neuf dans ta vie ?

Tous les regards pivotèrent vers elle et son sourire retomba.

— Quoi de neuf en dehors d'Alex, glissa gentiment Alana en percevant sa gêne.

— Il n'y a plus d'Alex, murmura Maria en buvant son vin.

Rebecca regarda le groupe, stupéfaite.

— J'ai dû manquer un épisode. Brett m'a vaguement parlé d'un problème, mais il n'est pas entré dans les détails. Tu sortais avec Alex ?

— Oui, répondit Alana à sa place. Et Raf l'a très mal pris. Depuis il tourne en rond comme un lion en cage et Alex passe toutes ses journées enfermé dans son bureau.

— Rafael n'était pas au courant ?

Maria se mordit la lèvre.

— Non. Alex se sentait coupable parce qu'il avait l'impression de trahir son meilleur ami et ma famille. Alors on a décidé de ne rien dire à personne. Au début c'était excitant de se voir en cachette. Mais le secret est devenu trop lourd à porter et nous avons décidé de tout dire à Rafa le soir de la fête d'anniversaire. Malheureusement il nous a surpris avant qu'on ait eu le temps de lui parler et… Ça s'est très mal passé.

— D'accord, Rafael est furieux mais il s'en remettra, dit Jessica en haussant les épaules. Ce que je ne comprends pas c'est pourquoi tu as rompu avec Alex ?

Maria sentit son cœur se serrer. C'était la partie la plus douloureuse de l'histoire.

— Ce n'est pas moi, c'est lui. Il s'est refermé

dans sa coquille. Rafa a eu des mots très durs qui l'ont blessé. Il est convaincu de ne pas être digne de moi. Il ne veut même plus me parler. Quand il a du travail à me donner, il passe par ses autres assistantes. Je sais que c'est sa façon de se protéger. Il a tenu tout le monde à distance toute sa vie durant. C'est un écorché vif.

Elle se remémora la façon dont Alex l'avait chassée de sa vie.

— Il a si peu d'estime pour lui-même qu'il ne peut pas imaginer qu'on puisse l'aimer.

— Je connais Alex depuis longtemps, acquiesça Alana. C'est vrai qu'il ne montre jamais ses émotions, mais il avait changé depuis quelques mois. Il y avait une lumière nouvelle dans ses yeux. Maintenant je sais que c'était grâce à toi. Tu le rendais heureux, tout simplement.

Un silence pesant tomba dans la pièce et Jessica se pencha vers Maria.

— S'il se rend compte qu'il a commis une erreur, tu accepteras de lui donner une deuxième chance ?

Elle réfléchit pendant que tous les regards se fixaient sur elle.

— Je ne sais pas, avoua-t-elle, la gorge serrée. Il m'a fait trop de mal.

*
* *

La soirée boxe était presque un rituel. Ils se donnaient rendez-vous chez Brett pour boire un verre et fumer un cigare puis ils partaient ensemble au MGM Grand Garden Arena où les attendaient des places de choix, au premier rang, dans le carré VIP. C'était toujours un moment festif, mais ce soir Alex ne se sentait pas d'humeur sociable. Il entra chez Brett sans frapper et se dirigea vers le salon où Brett et Gabe étaient en train de discuter.

Brett le toisa de la tête aux pieds et siffla entre ses dents.

— Bon sang. Tu es à faire peur.

Alex posa la caisse de bières belges sur la table et en prit une.

— Merci. Tu me remontes le moral.

— Tu ne t'es pas rasé depuis combien de temps ? demanda Gabe en se levant du canapé.

Alex frotta ses joues râpeuses du dos de la main.

— J'essaie un nouveau look.

— La bête du Gévaudan, version chic ? suggéra Brett.

— Non, moi je pense plutôt que c'est pour cacher le gnon que lui a collé Raf, ironisa Gabe.

Alex porta la cannette à ses lèvres avec un sourire figé. L'hématome sur sa pommette s'était effacé. Mais pas les ravages dans sa vie. Il avait perdu Maria et Rafael. Les deux personnes qui comptaient le plus au monde pour lui. Jusqu'ici Brett s'était montré magnanime : il ne l'avait pas dézingué pour avoir mis dans son lit leur assistante et la sœur de son meilleur ami.

— Où est Rebecca ?

— Chez Jessica. Elle enterre sa vie de célibataire avant d'emménager officiellement avec Raf. Maria est également invitée.

Brett l'observa comme s'il guettait sa réaction. Alex soupira.

— Vas-y. Je sais que tu meurs d'envie de me voler dans les plumes. Je suis même étonné que tu ne l'aies pas encore fait.

Brett but une gorgée d'eau gazeuse.

— Tu as mis l'entreprise en danger en nouant une liaison avec une assistante. N'importe quel directeur des ressources humaines t'aurait viré.

Très franchement, les conséquences de sa conduite sur Collins/Fischer étaient le cadet des soucis d'Alex en ce moment. Mais il comprenait le point de vue de Brett. Ils avaient travaillé dur pour créer leur société, et il aurait pu tout faire capoter par égoïsme.

— Je sais. C'était stupide.

— Non, ce n'était pas stupide.

Brett poussa un soupir.

— Tu te souviens quand j'ai commencé à sortir avec Rebecca ? Vous étiez tous furieux contre moi parce que je prenais des décisions absurdes. Pareil avec Rafael quand il s'est mis à fréquenter Jessica en pleine campagne électorale. On lui disait qu'il était tombé sur la tête. L'amour nous fait faire des conneries. On en passe tous par là.

— Mais moi j'ai vraiment fait fort avec Maria.

— Qu'est-ce que tu envisages maintenant ?

Alex esquissa un sourire désabusé.

— L'histoire s'arrête là. Je suis un cas trop désespéré pour accepter l'amour d'une femme aussi merveilleuse.

— C'est compliqué, un couple. Mais quand ça marche, c'est juste fabuleux.

Alex but sa bière sans répondre. Les plus belles nuits de sa vie, c'était celles qu'il avait passées dans les bras de Maria. Aujourd'hui il avait tout perdu et ce constat lui déchirait le cœur.

La porte d'entrée claqua, interrompant leur conversation. Rafael entra, s'arrêta en apercevant Alex et se dirigea vers la cuisine sans un mot.

— De mieux en mieux ! lança Gabe avec ironie. Vous ne vous parlez plus ?

Comme il n'obtenait pas de réponse, il poursuivit :

— Nous avons tous trop à perdre pour que le groupe se fissure. Alors débrouillez-vous comme vous voulez, mais trouvez un moyen de vous réconcilier. Et vite !

Brett attrapa une bière et une bouteille de soda.

— Tu viens avec moi sur la terrasse, Gabe ?

— Avec plaisir. Laissons ces deux imbéciles se castagner.

Alex poussa un soupir et passa dans la cuisine. Rafael était immobile près du réfrigérateur, le regard perdu dans le vide. Il s'éclaircit la gorge.

— Salut.

Il ouvrit le frigo, prit deux bières et en tendit une à Rafael.

— Merci, marmonna celui-ci.

Il dévisagea Alex.

— Comment va ta mâchoire ?

— Encore un peu sensible mais l'hématome s'est résorbé. Comment va ton poing ?

— Même chose que toi, dit Rafael en fléchissant les doigts.

Il lui lança un regard en coin.

— Je regrette de t'avoir frappé.

— Mais non.

— D'accord, je ne regrette rien ! Mais bon sang, c'est ma sœur !

— Je comprends.

— Ça durait depuis combien de temps vous deux ?

— Deux mois.

— Et c'était sérieux ?

Alex hocha la tête.

— Oui. Il y a toujours eu quelque chose de spécial entre nous. Nous étions arrivés à un stade où il nous était impossible de l'ignorer plus longtemps. Je sais que j'aurais dû me montrer honnête avec toi. Mais je te jure que je ne l'ai forcée à rien. Nous étions tous les deux consentants.

Rafael sembla méditer un moment.

— Je suis désolé de t'avoir traité de… De quoi déjà ?

— De don Juan à la noix imbibé de bourbon.

— Oui, bon. Je n'aurais pas dû dire ça.

— Pas de problème. D'autant que c'est vrai.

— N'empêche que je n'aurais pas dû le dire.

Il se tut et le dévisagea.

— Tu n'es pas assez bien pour elle, tu sais.

— Je sais.

Le cœur d'Alex lui faisait mal rien que de prononcer ces mots.

— J'aurais vraiment voulu pouvoir la rendre heureuse. Elle le mérite. Mais je ne suis pas celui qu'il lui faut.

Rafael se mordit la lèvre et poussa un long soupir.

— Tu aurais dû me dire que tu sortais avec ma sœur. Le coup aurait été moins rude.

— On s'apprêtait à le faire ce soir-là. Mais tu as tout découvert avant. Si ça peut te réconforter, Maria n'était pas une conquête parmi d'autres pour moi. Je tenais à elle plus que tu ne l'imagines. Je ne voulais pas que ça arrive. J'ai résisté autant que j'ai pu.

Rafael fronça les sourcils.

— Tu l'aimes ?

— Oui.

— Et maintenant elle nous en veut à mort à tous les deux.

Alex comprenait qu'elle soit en colère contre lui. Mais Rafael ?

— Qu'est-ce qu'elle te reproche ?

Il haussa les épaules.

— Il paraît que je suis un petit dictateur qui veut à toute force régenter sa vie. Et elle est furieuse parce que je t'ai frappé. À l'entendre, j'ai réagi de façon démesurée.

Alex se mit à rire.

— Non, sans blague ?

— Et elle est folle de rage contre toi parce que tu es un lâche.

— Je sais. Elle me l'a dit.

Elle avait raison. Il avait tout bousillé, tout raté.

— Tu vas essayer de la reconquérir ?

Alex revit le regard de Maria quand il l'avait chassée de sa vie. Il lui avait fait du mal. Il l'aimait plus que tout au monde et il lui avait brisé le cœur.

— Non.

Rafael eut l'air surpris.

— Vraiment ?

— C'est pour son bien. Je dois la laisser reconstruire sa vie sans moi.

21

Maria avait terriblement mal à la tête. Cela ne l'avait pas empêchée de partir travailler au centre d'action sociale, mais elle ne se sentait pas en forme. Par sa faute. Elle avait beaucoup trop bu à la soirée de Jessica et elle payait ses excès.

En rentrant chez elle, la nuit précédente, elle avait pris une grande décision. Le moment était venu de reprendre sa vie en main. Travailler pour une société qui brassait des millions ne la rendait pas heureuse. Cette incursion dans le monde des affaires avait été amusante et elle y avait acquis une expérience utile, mais elle ne pouvait pas continuer ainsi. Sa place était ici, au côté des plus démunis.

Elle entra dans la salle d'études. Le centre mettait en place une permanence pour les enfants dont les parents ne pouvaient pas venir les chercher après l'école. Maria s'assit à côté de Henry, un petit garçon qui passait ses après-midi au centre pendant que sa maman travaillait. Il dessinait avec des feutres de couleur. Elle se pencha pour regarder son œuvre.

— Quel beau dessin. Qui est-ce ?

— Là c'est moi et ma maman. Et là c'est toi.

Maria sentit les larmes lui monter aux yeux. Henry était un gamin adorable et sensible qui passait beaucoup de temps au centre. Le fait qu'il lui accorde une place à côté de sa maman, une jeune femme célibataire qui cumulait deux emplois pour l'élever, la bouleversait. Le petit garçon dessina ses cheveux avec un feutre noir et lui tendit le dessin.

— Il est pour moi ? demanda-t-elle, sa migraine oubliée. Oh merci, il est magnifique !

Il sourit et lui tendit les bras pour qu'elle lui fasse un câlin. Maria le serra tendrement contre elle. Des moments comme celui-là valaient tout l'or du monde.

— Il te plaît ?

Il leva vers elle ses grands yeux bruns.

— Énormément ! Je vais l'exposer chez moi. Merci beaucoup.

Les heures qu'elle passait au centre étaient riches d'émotions et de joies. Bien sûr, le défi était moins grand que lorsqu'elle partait en mission humanitaire, mais elle aimait ce qu'elle faisait ici – rencontrer des familles, chercher des solutions pour les aider, leur apporter du soutien.

Elle leva les yeux et vit Anna qui lui faisait signe de la rejoindre.

— Henry, je dois aller parler avec Anna. Tu fais un autre dessin pour ta maman pendant ce temps ?

Le petit garçon hocha la tête tandis qu'elle se levait pour rejoindre son amie.

— Je suis contente de te revoir, Maria. Tu nous as manqué.

— Vous m'avez manqué aussi. Justement, je voulais discuter avec toi. Beth m'a dit que tu nous quittais ?

— Oui. Je vais retrouver ma famille. Nous partons pour Tucson dans deux semaines.

— J'aimerais postuler pour te remplacer.

Anna lui sourit.

— C'est une excellente nouvelle ! Tu es exactement celle qu'il nous faut. Viens dans mon bureau, nous allons discuter des détails.

Maria respira profondément et toqua à la porte du bureau de Brett.

— Entrez.

Elle franchit le seuil, s'arrêta. Alex était là. Il se raidit en la voyant, et elle détourna les yeux.

— Désolée de vous interrompre, je n'en ai pas pour longtemps.

Brett joignit les mains sur la table.

— Oui ?

— Je voulais te remettre ceci, dit-elle en lui tendant l'enveloppe qu'elle avait gardée dans son sac à main toute la journée.

Il la prit, les sourcils froncés.

— Qu'est-ce que c'est ?

— Ma lettre de démission.

Les deux hommes sursautèrent.

— Quoi ?

— Ce sont mes deux semaines de préavis. Je ne peux plus travailler ici.

— Maria, intervint Alex. Pouvons-nous parler en privé ?

— Non. Je n'ai rien à te dire. Un poste de coordinatrice vient de se libérer au centre d'action sociale, j'ai passé un entretien et j'ai eu la place.

— Félicitations, dit Brett. Mais je regrette que tu nous quittes. Il n'y a rien que nous puissions dire ou faire pour te convaincre de rester ?

— Non. Cela n'a rien à voir avec vous, précisa-t-elle en lançant un bref regard à Alex. Ni avec l'entreprise. Je suis très contente de l'opportunité que vous m'avez offerte en m'embauchant. Mais je dois revenir à ce qui me passionne. Mon travail au centre, aider les gens dans le besoin.

— Je comprends. Mais tu vas nous manquer.

— Je retourne dans mon bureau. Si tu as besoin de quoi que ce soit, fais-le-moi savoir.

— Maria, attends !

Alex se leva précipitamment et la rattrapa dans le couloir.

— Ne fais pas ça.

— Quoi donc ?

— Tu n'as pas besoin de démissionner.

— Tu te trompes.

— Si c'est à cause de moi…

— C'est vrai, je ne supporte plus de te voir tous les jours sans pouvoir t'approcher, te toucher, t'embrasser. Mais rassure-toi, ma décision n'a rien à voir avec toi. Je reprends mon existence en main, j'avance. Tu dois l'accepter.

Il avait les yeux cernés. Il avait l'air terriblement malheureux et, l'espace d'un instant, elle fut tentée de le réconforter. Mais elle se l'interdit. Il lui avait fait trop de mal en la chassant de sa vie.

— Maria…

Pendant une seconde, elle crut qu'il allait lui dire qu'il l'aimait, qu'il ne voulait pas la perdre, qu'il voulait vivre avec elle jusqu'à la fin de ses jours.

— Qu'est-ce que je peux dire pour que tu restes ?

— Tu veux que je reste ? Chez Collins/ Fischer ? Ou dans ta vie ?

— Je parle uniquement du travail, répondit-il après un long silence.

S'il ne lui avait pas déjà brisé le cœur, elle se serait probablement effondrée. Mais elle avait passé le stade des larmes. Tout ce qu'elle ressentit, ce fut une douleur sourde et lointaine dans la poitrine. Tournant les talons, elle s'éloigna d'Alex.

Pour toujours.

Alex regagna le bureau de Brett et s'assit lourdement sur sa chaise. Il regarda la pile de papiers posée devant eux. Ils étaient au milieu d'une réunion de travail quand Maria les avait interrompus.

— Où en étions-nous ?

— Bonne question. Je viens de perdre la meilleure assistante que j'aie jamais eue. On en parle ou on fait comme s'il ne s'était rien passé ?

— Il ne s'est rien passé.

Il serra les lèvres, se leva et se dirigea vers le minibar. Il regarda à l'intérieur, les sourcils froncés.

— Je sais que tu ne bois pas, mais pourquoi n'y a-t-il pas une goutte d'alcool ici ?

— Ce que tu cherches est dans le placard, sur ta gauche.

Alex attrapa la première bouteille qui lui tomba sous la main, dévissa le bouchon et la porta à ses lèvres. La vodka lui brûla la gorge et forma une boule incandescente dans son estomac vide.

— Ne fais pas l'idiot, dit Brett, une note d'inquiétude dans la voix.

Alex baissa la bouteille. Ses mains tremblaient. Il devait se ressaisir, et l'alcool n'était pas le meilleur moyen d'y parvenir. Il avait foutu sa vie en l'air en laissant partir Maria et maintenant il parachevait le désastre en devenant le clone de son père alcoolique et drogué. S'il voulait revoir Maria un jour, il devait commencer par travailler sur lui-même et regagner son estime. Ce ne serait pas facile.

Il prit plusieurs respirations, remit la bouteille là où il l'avait trouvée et sortit une bouteille d'eau du minibar.

— Où en étions-nous ? dit-il en retournant s'asseoir.

— Il n'y a rien dont tu voudrais me parler avant ?

— Non.

Ils travaillèrent pendant plus d'une heure.

Alex réussit à se concentrer et retrouva son calme tandis qu'il examinait les projections financières de Collins/Fischer pour les prochaines années. Elles dépassaient leurs espérances, mais cela ne réussit pas à lui rendre le sourire. Il commençait à comprendre qu'il n'y avait pas que l'argent et le succès dans la vie.

— Tu as vu ces chiffres ? s'exclama Brett. On a vraiment réussi !

— Oui, on a trouvé notre rythme.

Leur société était sur orbite. Leur rêve s'était réalisé. Ils étaient à l'abri des coups durs jusqu'à la fin de leurs jours et il leur restait une très grande marge de manœuvre. Il se livra à un rapide calcul.

— Même si nous continuons à réinvestir nos profits dans les autres entreprises de The Brotherhood et que nous couvrons les frais de fonctionnement de Hedo jusqu'à ce que l'hôtel devienne rentable, nous disposons encore d'un sacré capital. Tu as une idée de la façon dont nous pourrions l'utiliser ?

Brett lui lança un regard perplexe.

— Je n'y ai pas réfléchi. Pourquoi. Tu penses à quelque chose ?

Alex hocha la tête.

— Je crois que oui.

22

Six mois plus tard…

Depuis la galerie circulaire, Alex regardait les invités déambuler dans l'immense salle de réception de Hedo. Des mois de réunions de chantier, de discussions et de contretemps avaient finalement trouvé leur aboutissement. L'hôtel avait ouvert ses portes.

Il sourit mais pas uniquement à cause de cette victoire. Il était plus serein, plus en paix avec lui-même. Il avait consulté une psychanalyste, travaillé sur des blocages qui remontaient à son enfance et essayé de renouer une relation de confiance avec Rafael. Il avait même arrêté de boire, réalisant que l'alcool et le sexe n'avaient été qu'une façon de s'étourdir pour pallier un vide affectif que rien n'avait pu combler… Jusqu'à ce que Maria entre dans sa vie.

Maria. Il ne l'avait pas revue depuis six

mois. Il n'en avait pas eu le courage, pas avant d'avoir réglé ses problèmes personnels. Et puis il voulait lui laisser du temps pour tracer sa route comme elle l'entendait. Elle méritait de rencontrer un partenaire digne d'elle. Mais, aux dernières nouvelles, elle ne l'avait pas trouvé.

Brett et Alana s'accoudèrent près de lui à la balustrade pour regarder la soirée d'inauguration qui se déroulait à leurs pieds.

— Et voilà, on l'a fait, commenta Brett en souriant.

Alex hocha la tête.

— Oui.

Il ne parvenait pas à se réjouir. Son regard autrefois acéré comme un rasoir s'était émoussé. Pendant que son projet d'hôtel sortait de terre, il avait tout perdu – son meilleur ami et l'amour de sa vie.

Mais il lui restait une carte à jouer, à condition, bien sûr, que Maria accepte de lui parler à nouveau. Il ferma les doigts sur le petit écrin, dans sa poche. Cela suffirait-il à réparer le mal qu'il lui avait fait ?

Rafael le rejoignit et lui tendit un petit verre rempli d'un liquide ambré. Il avala d'une gorgée le bourbon hors d'âge. Ils s'étaient réconciliés, mais une certaine distance s'était creusée entre eux. Bien sûr, ce ne serait pas arrivé s'il s'était tenu à l'écart de Maria ou s'il s'était montré honnête au sujet de leur relation.

— Alors ? C'est décidé, tu te jettes à l'eau ?

— Oui. Si j'ai ton accord.

— Tu l'as. Rends-la heureuse et essaie de ne pas tout foutre en l'air cette fois, OK ?

— Je ferai de mon mieux.

— Elle est très remontée contre toi, je te préviens. Tu vas devoir sortir le grand jeu pour te faire pardonner.

— Je sais. Je suis prêt.

— Alors, bonne chance, dit Rafael en lui tapotant l'épaule.

— Et si nous descendions ? intervint Alana en les prenant l'un et l'autre par le bras pour les entraîner vers l'ascenseur. Allons savourer notre succès.

Maria était assise au bar, les yeux rivés sur l'écran de son téléphone. Alex lui avait donné rendez-vous ici. Elle ne l'avait pas vu depuis six mois – ils ne s'étaient même pas croisés par hasard. Mais de toute évidence il avait été très occupé. Elle regarda autour d'elle. L'hôtel était magnifique. Un sentiment de fierté l'envahit tandis qu'elle regardait les invités déambuler dans ce lieu enchanteur. Comme toutes les créations de The Brotherhood, Hedo allait être un succès.

Elle n'était pas très sûre de la raison pour laquelle Alex voulait la rencontrer, d'autant qu'il avait mis beaucoup de soin à l'éviter. De son côté, elle avait essayé d'avancer, de sortir, de voir des gens, mais le monde sans Alex avait perdu toute saveur. Il était le seul à nourrir ses fantasmes quand elle restait éveillée la nuit, incapable de s'endormir sans sa présence à ses côtés.

Elle avait su par Rafael qu'il allait mieux. Il voyait une psy et il avait cessé de boire. Elle était fière de ses progrès. Mais cela n'atténuait pas la douleur qui lui broyait la poitrine chaque fois qu'elle pensait à lui.

— Merci d'être venue.

Elle entendit sa voix derrière elle et pivota sur son tabouret de bar, le cœur battant à tout rompre.

— Bonsoir, Alex.

Elle marqua une pause, le temps de le dévorer des yeux. Il était magnifique. Son smoking noir mettait en valeur la largeur de ses épaules et avivait la blondeur de ses cheveux. Elle prit une respiration.

— Tu voulais me parler ?

Il s'assit à côté d'elle, et ils se dévisagèrent en silence.

— Tu m'as manqué, dit-il doucement.

Il lui avait manqué aussi. Terriblement. Mais elle ne voulait pas le lui dire. Elle s'était suffisamment humiliée par le passé. Elle avait sa fierté. Et, même si elle mourait d'envie de sentir ses bras l'enlacer comme autrefois, elle se contenta de hocher la tête.

— Qu'est-ce que tu veux ?

— M'excuser.

— Tiens donc.

— J'ai tout gâché. Et je t'ai fait du mal. Je suis désolé.

Elle regarda le monde autour d'eux, le va-et-vient, le brouhaha, la musique.

— On ne peut pas discuter dans un endroit plus privé ?

Il secoua la tête.

— Non. Je ne veux plus me cacher. Je n'ai pas peur. Je me fiche qu'on puisse entendre ce que je dis.

— Oh vraiment ? Et si je te disais d'aller te faire foutre ?

— Je ne pourrais pas t'en vouloir. Mais j'espère que tu vas accepter de m'écouter jusqu'au bout.

— Et si mon frère nous voit ensemble ? demanda-t-elle avec amertume. Il va te sauter dessus et tout recommencera ?

— Non. Nous avons conclu un accord. Si

je bousille tout encore une fois et que je te fais pleurer, il me casse en deux. Dans le cas contraire… nous avons sa bénédiction.

Elle lui lança un regard dubitatif tout en essayant de ne pas lui montrer combien ces mots la touchaient.

— Comment vas-tu faire pour ne pas tout « bousiller encore une fois » ?

— Je ne peux pas garantir que je ne serai pas têtu ou borné par moments, mais… tu voulais que je me batte pour nous et je m'y emploierai. De toutes mes forces. Tous les jours de ma vie. Je t'aime. Et je ne cesserai jamais de t'aimer. Je veux me montrer digne de toi. Je veux te rendre fière. Si tu m'acceptes à nouveau dans ta vie, bien sûr.

— Alex, je t'aime. Tu m'as fait du mal, mais je crois que ce n'est rien comparé au mal que tu t'es fait à toi-même. J'ai toujours su que tu étais quelqu'un de bien.

Il plongea la main dans sa poche et sortit un écrin carré.

— Épouse-moi. S'il te plaît.

— Alex…

— Tu n'es pas obligée de répondre ce soir. J'attendrai le temps nécessaire. Des mois s'il le faut.

Maria déglutit, bouleversée. Elle osait à peine croire ce qu'elle entendait.

— Je sais que je ne te mérite pas, poursuivit-il. Si tu trouves que je vais trop vite, je comprendrai. Je t'offrirai cette bague quand tu seras prête. Mais je ferai tout ce qui est en mon pouvoir pour te reconquérir.

— Comment puis-je être certaine que tu ne me chasseras pas à nouveau de ta vie ? As-tu seulement une idée de ce que j'ai pu ressentir ? J'ai cru mourir de chagrin !

Il hocha la tête et baissa les yeux.

— Je voulais te protéger de moi. Mais te quitter a été la décision la plus difficile de toute mon existence et ne plus te voir était une torture de chaque instant. Je ne me pardonnerai jamais de t'avoir fait du mal. Je passerai le reste de ma vie à essayer de me racheter… Si tu me laisses une deuxième chance.

Ces mots, elle les avait tellement espérés pendant ses six mois de silence ! Il lui avait brisé le cœur, mais la séparation lui avait appris qu'elle ne pouvait pas être heureuse sans lui. Elle avait besoin d'Alex, de ses baisers, de ses bras.

— Je porterai ta bague, Alex. Je veux vivre avec toi jusqu'à la fin de mes jours. Je veux t'épouser. Mais pas tout de suite. Seulement quand nous serons prêts tous les deux. J'ai besoin de retrouver mon souffle, de reprendre confiance en nous.

— Je sais. Je suis prêt à relever le défi.

— Moi aussi.

Elle sourit.

— Ma famille va être folle de joie.

— Je confirme. Ils sont ravis.

Elle le dévisagea avec stupeur.

— Tu le leur as dit ?

— J'ai demandé ta main à tes parents. Dans les règles. Et je leur ai tout raconté – sans les détails intimes, évidemment. Avec une famille traditionnelle comme la tienne, je savais qu'il n'y avait pas d'autre façon de procéder. Ils ont été stupéfaits mais contents.

— Bien sûr. Ils t'aiment.

Il glissa la bague à son doigt. Un anneau en or gris serti d'un diamant rectangulaire. Elle lui allait à la perfection.

— J'ai autre nouvelle à t'annoncer. Ça concerne le centre d'action sociale où tu travailles.

— Que veux-tu dire ?

— La direction a changé.

Elle le regarda sans comprendre.

— Collins/Fischer a racheté les locaux. Nous allons agrandir les bâtiments, en construire d'autres, développer des infrastructures pour les jeunes. Et quand les travaux seront finis, nous voulons te nommer à la direction.

Elle cilla.

— Quoi ? Attends, je n'arrive pas à suivre.

— Tu connais les gens du quartier, les problèmes qu'ils rencontrent et les aides dont ils ont besoin. Tu seras sur le terrain, tu jugeras les situations par toi-même et tu attribueras des fonds là où tu estimeras que c'est nécessaire. Jessica va ouvrir une antenne à la mairie pour t'aider dans tes démarches.

Maria écarquilla les yeux. Elle était partagée entre l'envie de rire et de pleurer. Tous ses rêves s'exauçaient. Elle allait partager la vie de l'homme qu'elle aimait et se rendre utile auprès de la communauté. Elle n'osait pas faire un geste de peur de se réveiller et de découvrir que ce n'était qu'un mirage.

— Tu… Tu es sérieux ?

— Complètement.

— Oui, souffla-t-elle. Oui à tout. Je veux t'épouser, je veux diriger ta fondation. Je veux tout partager avec toi !

Elle sauta de son tabouret pour se jeter dans ses bras.

— Je t'aime, Alex !

— Je t'aime, Maria.

Elle l'embrassa passionnément puis regarda la foule autour d'eux. Elle avait failli oublier où ils étaient.

— Allons nous joindre à la fête. Nous avons un tas de choses à célébrer !

Retrouvez en août 2019,
dans votre collection

MAGNETIC

Un séduisant imprévu, de Nicola Marsh - N°28

Sérieuse, célibataire, entièrement dévouée à sa carrière... Charlotte en a assez de passer pour une jeune fille sage. C'est décidé, aujourd'hui, elle cédera à toutes ses envies, comme acheter cet ensemble de lingerie sexy repéré dans un magasin... et séduire un bel inconnu. Après tout, que risque-t-elle ? De tomber nez à nez avec son amant d'une nuit au bureau ? Aucune chance !

Le prix du scandale, de Jackie Ashenden - N°29

SÉRIE : KINGS OF SYDNEY - TOME 1/3

Leon n'a pas le choix : s'il veut sauver son entreprise de la faillite, il doit redorer le blason de sa famille, entaché par la mauvaise réputation de son père, ancien ponte de la mafia. Pour ce faire, quoi de mieux qu'un mariage de convenance avec la fille d'un célèbre philanthrope ? Avec Vita à son bras – si belle et si pure –, il sera intouchable. À condition que celle-ci n'ait pas de secret à cacher...

Brûlante tentation, de Caitlin Crews - N°30

SÉRIE : HOTEL TEMPTATION - TOME 1/3

En voyage professionnel en Islande, Margot voit ses plans contrariés par une tempête de neige. Et, comble de malchance, la voilà bloquée dans un hôtel tenu par Thor Ragnarsson, un Viking viril et macho qui ne cesse de la dévorer du regard ! Un comportement qui la scandaliserait, si elle-même ne rêvait pas d'arracher les vêtements de son hôte et de l'attirer dans son lit...

Composé et édité par HarperCollins France.

Achevé d'imprimer en mai 2019.

Barcelone

Dépôt légal : juin 2019.

MIXTE
Papier issu de sources responsables
FSC® C108412

Pour limiter l'empreinte environnementale de ses livres, HarperCollins France s'engage à n'utiliser que du papier fabriqué à partir de bois provenant de forêts gérées durablement et de manière responsable.

Imprimé en Espagne.